怪奇小店

怪しい店

[日] 有栖川有栖 —— 著 郭跻 —— 译

中国工人出版社

图书在版编目（CIP）数据

怪奇小店 / (日) 有栖川有栖著；郭跻译. -- 北京：中国工人出版社，2022.11
ISBN 978-7-5008-8004-2

Ⅰ.①怪… Ⅱ.①有… ②郭… Ⅲ.①推理小说—日本—现代 Ⅳ.①I313.45

中国版本图书馆CIP数据核字（2022）第222321号

著作权合同登记号 图字：01-2021-6674

怪奇小店

出 版 人	董 宽
责任编辑	姚 宁
责任校对	丁洋洋
责任印制	黄 丽
出版发行	中国工人出版社
地 址	北京市东城区鼓楼外大街45号 邮编：100120
网 址	http://www.wp-china.com
电 话	（010）62005043（总编室） （010）62005039（印制管理中心） （010）62379038（社科文艺分社）
发行热线	（010）82029051 62383056
经 销	各地书店
印 刷	三河市万龙印装有限公司
开 本	880毫米×1230毫米 1/32
印 张	9.75
字 数	214千字
版 次	2023年1月第1版 2024年11月第2次印刷
定 价	49.00元

目 录

古玩之魔

1

粟岛时也将一块流水樱花图案的旧绉绸平铺在柜台上，清理着上面的灰尘。这时挂着“古董 粟岛”门牌的店铺移门被推开了，随之传来一声响亮的问候“吆——”。古董店很少有顾客这么威势赫赫地突然光临。粟岛时也停下手上的活儿，抬起头，只见人称“鱼正”[①]的鱼津正武，身着西装，右手提着巴宝莉的包站在那里。

“你这店真不好进哪，店门重得像城门一样。”

“客人也常对我们说，‘贵店门槛太高’。”

“这有点儿用词不当啊。拜访者心怀愧疚而怯于登门时，才用‘门槛太高’哦。”[②]

“啊，原来是这样呀。”

---

① 此人姓名中的“鱼”和“正”合在一起发音刚好为“うおまさ”。日本的鱼店、寿司店的名称常用“鱼政”一词，发音为“うおまさ”，与“鱼正”相同。

② 原文为“敷居が高い”，直译为“门槛太高”。“门槛太高”在日语中，原义为：欠了对方人情或者给对方添了麻烦，过意不去而怯于登门。但经常被误用作：因为场所高级而不敢轻易进入。

时也也一直搞错了用法。

“我刚好到了附近就顺便过来坐坐。好渴，抱歉能给我来杯喝的吗？”

那个男人一面豪爽地说着，一面走进店里，在柜台边的椅子上坐了下来。

“口渴的话，茶应该比咖啡更解渴吧。”时也边叠着绸布边说道。

话音刚落，鱼正就笑着说：“我想喝咖啡。”这个男人如往常一样毫不客气。

冲好两杯速溶咖啡，时也在柜台后坐了下来。墙壁上的挂钟——也是店里的商品之一，快要指向三点。

“西装革履的，刚跑客户去了吧？”

“给田野牙科送了点‘古伊万里’的老瓷器过去。那牙医，进出他家的生意人，都得穿西装打领带，要不他脸色可难看了。他一下买了两件，乖乖，出手可大方了。不过……他说阿粟坏话了。”

这位牙科医生是一年前搬来小镇的，也是古董店的常客，出手阔绰。但自从和时也的舅舅，也是古董店的老板粟岛左卫门吵过一次之后，便再也没来光顾。

“说被咱家骗了买了假货？”

鱼津端着杯子，狠狠地点了下头。

“他到处说，真吃不消呢。那可是田野医生自己看好了要买的。是他自己一眼看中的东西，可不是我舅舅连哄带骗强卖给他的。”

虽然表面上帮衬着老板，其实在心里头，时也也觉得挺对不住田野的。舅舅明知道那是个赝品，却以高价卖给了他。不过，如果是真货，那价格倒是相当便宜了。

“人家自己相中的？话可不能这么说！人家可是外行人。谁店里卖出了假货，谁就得收回来——老祖宗的规矩，天经地义！人家没问是不是真货，你便也没说，所以不算骗人？做这么坑人的买卖，谁还敢信你们！”

末了，鱼津还喋喋不休地加了一句。

“要骗骗行家！行家骗行家，谁被骗谁活该。我前阵子真是被结结实实地上了一课。大意不得啊！没想到这把年纪还栽了个大跟头。”

这句话着实刺耳。听说就在上个月，古玩商云集的拍卖会上，左卫门将赝品书画当真迹出卖，而拍下它的正是鱼津。作为行家看走了眼，只能自认倒霉，但这笔损失不下百万，鱼津大为光火。

鱼津恐怕是上门找碴儿来了，舅舅不在店里可真是太好了。在店里打起来可不得了。

“今天永兴寺市场，我还以为是你去呢。结果跑来一看，你在这儿看店。我来，是来看阿粟那副讨人厌的嘴脸的。”

果然不出所料！

“天气好起来了，舅舅越来越想自己去市场转转。当作换换心情嘛！”

“换换心情？你舅可真有雅兴！”

讽刺完，鱼津将杯子拿至双眼的高度打量起来。

“嗯……这是九谷瓷吧。工艺虽简单，但品相不错。手感好，嘴巴碰上去也挺舒服。”

“喜欢的话，就送你吧。一套一共有四个。”

“四个太多了，我就拿一个吧。拿回家做我的专用茶杯。”

鱼津也不道谢，把空了的杯子往柜台上一放，开始打量起古董店来。这家店对他来说并不陌生，店内的货品最近一段时间都没有太大的变化。

十五坪的小店，一进门右手边是一个L形柜台，上面杂乱无章地放着小酒杯、装饰用花瓷盘、壶罐等各式各样的日式陶器。左手边也是一个L形柜台，上面更加凌乱地摆着日式、西式的古董台灯、钟表、玩具等。里面的柜台附近，还有旅行用的大行李箱，儿童用的小提琴和已经褪色的真人大小的人体模型等商品，让人感觉乱得甚至有几分诡异。

“时也，你现在多少岁了？”鱼津平淡地问道。

时也在椅子上挪了挪屁股，回答：“三十一。”

“你来阿粟这里帮忙已经多少年了？”

“我二十七岁来的，已经四年了。”

时也大学毕业后换了好几份工作，一直稳定不下来。是已经去世的母亲的弟弟拉了他一把，让他来店里帮忙。舅舅只比他大十三岁，名字叫左卫门。这个名字是时也的外公所取。外公开了这家古董店，并且爱看古装片，所以给舅舅取了这么一个古风的名字。

“已经四年了呀。渐渐掌握做这行的诀窍了吧。”

“哪里哪里，还差得远呢。”

时也相当清楚，古董这行涉及的业务范围极广，博大精深，自己只能算是一个乳臭未干的毛头小子。

“我当然知道你还差得远。不过，虽然还只是半吊子，你也感觉到这份买卖有意思的地方了吧。”

“嗯，勉勉强强吧。”

鱼津向来不喜欢这种扭扭捏捏缺乏自信的回答。时也还以为对方会不高兴，没想到鱼津并没有责备他。

“在我看来，你应该已经下定决心要一直干这行了吧。”

“是的，我是这么想的。我想将来能有一家自己的铺子。”

鱼津将视线移向店内，打量起来。

“你另立门户之前，先得和阿粟一起把这里打理好吧。……最近生意怎么样？你舅舅最近对店里的生意不太上心吧？我听到了一些流言蜚语，跑来一看，店里没什么新花样啊。以前在拍卖会上，你舅舅也不会做那样的勾当。干这行的，有些人靠抓住几个大客户或许就能赚不少钱。但现在经济不景气啦。你不卖力些，这家店可就危险喽。”

时也只得把鱼津的话当作宝贵的建议，认真地听着。

“听说阿粟最近只有向别人收钱的时候特别积极。店里资金周转不过来吗？”

时也否认了这回事，但实际上他对店里的经营状况并不清楚。在舅舅手下工作四年了，可舅舅还是把他当作临时工。时也对此并不生气。他觉得不用操心资金周转问题，反倒轻松快活。

然而，在和鱼津聊天的过程中，一股莫名的忐忑在时也的心里蔓延开来。他想到了许多与之相关的细节。

“你受到舅舅的照顾，所以在他面前抬不起头，这我能理解。但是，你并不只是一个临时工，也不只是你舅舅的外甥，你可是阿粟的左右手啊。别老是跟阿粟客气，该说的话还是说出来比较好。”

就在这时，古董店里来了客人，是一位戴着圆框眼镜的中年妇女。她缓缓推开店门，畏畏缩缩地把头探了进来。

“欢迎光临！”时也立马招呼道。

“请问能把那件商品拿给我看一下吗？”

趁时也接待客人的空当，鱼津无所事事地在店里瞎转悠。他一会儿摸摸人体模型的头，一会儿摆弄摆弄行李箱，好像还仔细确认了店内商品的标价。

戴眼镜的女客人买下了一件价格不菲的商品。时也深深地鞠了一躬，目送女客人离去。

“那样的东西居然能卖出去呀，真是太阳打西边出来啦。”鱼津打趣道。

时也以为鱼津还会继续跟他说教，没想到对方拿起了包，说道：“我走啦。从今天开始就是黄金周了，我也不能再在这儿‘摸鱼’，还是回家摸我的古董去了。”

“请稍等。”

时也用报纸把咖啡杯包好装进纸袋，递给鱼津。对方一边接过，一边说：“真不好意思呀……那么，你好好做生意吧。”

时也走出古董店，目送鱼津。正当他打算返回店内时，忽然感觉有一道视线正落在自己身上。时也朝着方才女客人离去的相反方向望去，只见离他二十米开外的地方停着一辆车，一个男人躲在车身后面正看着他。此人身穿偏蓝色外套，年龄估计在三十五岁以上。时也刚与他对视，他便立即转身，迈步离去。真是奇了怪了。

粟岛古董店位于一条不算繁华的商业街街角，店门前很少有行人经过。附近只有居民住宅和一家还未开张的小酒吧。这个男人刚才在干什么呢？时也感到好奇，他盯着男人观察了一会儿，只见男人头也不回地走到十字路口左拐，然后消失在了时也的视野里。

……难道是刑警或私家侦探在暗中监视谁吗？

喜欢悬疑推理剧的时也胡思乱想起来。可是转念一想，就算如此，自己或这家古董店也不可能成为监视的对象吧。于是他返回柜台，继续打理起店里的绉绸。

时也刚把绉绸弄干净，左卫门回来了。此时才四点半。怎么回事？时也心里非常纳闷儿。永兴寺的古玩市场到五点才关门，把货物装上商务面包车，再返回店里，应该要六点以后才对。

戴着毛线帽和大口罩的左卫门，闷闷不乐地从驾驶座上走下来。

戴帽子是因为他才四十四岁，就已经头发稀疏，而戴口罩则是因为他对花粉过敏。

“那么早就回来了呀。”时也说道。

左卫门冷冰冰地回答道：“难得长假第一天，天气也不错，可惜没什么客人，所以就早早收摊了。那市场的主办方还要求大家向寺庙交香火钱，入不敷出啊。下个月我不打算去了。”

左卫门并非性格开朗之人，平常说话就阴沉沉的，今天更是有过之无不及。戴着口罩声音含混不清也是一方面原因吧。另一方面估计是遇到了不文明的客人，随意摆弄商品，让他非常不快。

不管是什么原因，时也先得帮忙搬货物。他和左卫门两人一起从停在店门口的丰田海狮[①]上把货物搬到店里。左卫门虽然说话阴沉沉、慢吞吞的，还有些驼背，但干起活来动作麻利，活力十足。卸下所有的货物之后，舅舅命令时也把它们整理好，自己则去把面包车停到附近租用的停车场里。

从停车场回来后，左卫门依旧怏怏不乐。时也跟他说起鱼津来过的事，他也只是摆出一副苦瓜脸，完全不理睬。古董店最里面有一间六张榻榻米大小[②]的房间，这里既是客厅也是卧室。左卫门坐在里面，喝着茶，眉头紧锁，好像正沉思着什么。舅舅大概是累了吧，时也决

① 丰田公司生产的一款面包车品牌。

② 日本表示房间大小时常喜欢用榻榻米的张数来表示。一张榻榻米的面积大约为1.62平方米。

定不去管他了。

左卫门一直待在房间里不出来。时也想着舅舅该是睡着了吧。他朝房间瞥了一眼，结果发现左卫门正表情严肃地看着晨报。还是不要多问吧，多一事不如少一事。时也一边整理商品一边继续看店。

虽然时也已打算不再过问，可始终有些放心不下。于是，他找了个机会，来到房间，向舅舅问道："到底发生什么事了？"舅舅深深地叹了一口气，露出一抹自嘲的笑容。

"我真是年纪大啦，不中用了。抓到一个烫手山芋。"

"你在古玩市场买到赝品了？"

光顾古玩市场的客人里，有些人并不是来买东西，而是来向古玩商推销自己手头上的古董。但是，刚才舅舅带回来的货物里并没有陌生的商品。

"到底是怎么回事呀？"

面对时也的追问，舅舅只是沉默不语。

2

“那是指……”

我非常好奇左卫门所说的“烫手山芋”。我把脸凑近粟岛时也，非常认真地问道：“你舅舅买到了一个赝品，是这么回事吗？”

“有栖川先生，您作为推理小说家，也是这么想的吗？”

因为是古董店老板嘴里说出的话，就算不是推理小说家也会这么想吧。

时也摇了摇头。“我听着也觉得是这么回事，但到底是不是就不清楚了。舅舅那天看上去受的打击不小，如果真是因为买到了赝品，那一定花了大价钱。但是，我想不出买的到底是什么……就算他上当买了赝品，应该也不是在永兴寺买的。”

坐在我旁边的火村立即问时也，为什么如此肯定。

“现在回想起来，其实两三天前他就没什么精神。我舅舅本来就不爱搭理别人，一点儿也不像个生意人，所以我还以为他只是心情不佳。不过现在看来，说不定他是把什么麻烦事藏在了心里。要是他能跟我说一下，哪怕稍微商量一下也好啊。舅舅天生喜欢藏心事，他从不找我倾诉和商量个人的烦恼。”

时也的话语中透露出一丝伤感。犯罪学专家用食指松了松本来就没系紧的领带，毫不动容地催促他继续往下说。

“然后左卫门先生就一直待在那个六张榻榻米的里间，没再出来。是吗？”

“是的。”

当时，时也一边看店，一边对着电脑处理网店的订单。六点四十五分左右，女客人来店里取走了先前已买下的商品。在这之后，便没有客人来过。七点整，时也把卷帘门拉了下来。

“打烊后，你立刻回家了吗？”

时也说话毕恭毕敬，节奏较慢。火村决定通过连续发问来加快谈话的速度。

“是的。舅舅跟我说，打烊了，你赶紧回去。所以七点零二分左右我就离开了。那是我最后一次听到舅舅的声音。”

“你走的时候，左卫门先生在干什么呢？”

“不太清楚，我只是隔着房间的移门听到了他的说话声而已。”

“你住的地方离这里有多远？”

“骑自行车十二三分钟吧，是一间专门面向单身人士的单间公寓，很寒酸的。”

“左卫门先生也是一直一人独居吧。”

“是的，他跟舅妈已经分居五年多了。”

我们三人在粟岛古董店里聊了很久。店面的卷帘门已经拉下。关在满是古玩的店内，着实让人有些受不了。现场勘查工作在昨天夜里就已经结束，不过最里面的房间以及二楼的侦查取证工作还在继续，天花板时不时发出嘎吱的声响。听说左卫门一直都住在一楼六张榻榻米的房间里，二楼则被他当作了仓库。

“左卫门先生和他分居的太太，平常有联系吗？”

“舅妈回了她在冲绳的老家后就再也没联系过。舅舅说过，他们甚至都不通电话。分居的理由？应该是性格不合吧。他们没有孩子。”

“分居五年，那早就没有任何感情了。都这样了他们也没有正式离婚吗？”

“关于这个事情，舅舅也一直满腹怨言。他说：‘那家伙不愿意登记离婚，肯定是盯着我的财产呢。她肯定想着，把店里的宝贝全部卖掉差不多能换一亿日元。’这话有点儿离谱。我们店商品价值的总金额，别说一亿了，有没有一千万都要打个问号。不过，说不定舅妈觉得这些古董很值钱。舅舅还说：‘我要是死了，那家伙作为配偶，就可以把我的遗产统统占为己有。这可不行，道高一尺，魔高一丈，我一定要活得比她长。’”

既然双方关系僵持到这种程度，左卫门应当去法院进行家庭纠纷调解或是提交离婚诉讼、解除婚姻关系。他为什么没那么做呢？关于这个疑问，时也只是简单说了一句：“大概舅舅嫌麻烦吧。”

毋庸置疑，左卫门的死讯也告知了他的妻子——粟岛亚弥子。她住在冲绳，但并不在主岛，而是在离岛上。估计今天傍晚之后才能赶到这里。

我们的话题回到前天。

“你们两个单身男人会一块儿吃晚饭吗？”

“一周两次左右。不在这里吃，基本都是去外面的餐饮店。有时是外出跑货的地方，有时就在这附近。每次都是我舅舅掏钱。”

前天四月二十六日，他们并没有一起用餐。时也说，他在自己所住公寓旁边的快餐店解决了晚饭。

“晚饭后，你一直待在房间里吗？”

“是的。我看了一会儿电视，然后一边听音乐一边上了会儿网。”

“有没有和谁打电话或者发邮件呢？”

“没有。我既没朋友也没对象，孤单得很。”

时也有气无力地看着我笑了笑。于是我开玩笑道：“你跟我一样呢。”我并非完全没有朋友，只是经常通电话、见面的也就唯有旁边这个古怪的犯罪学专家了。

“我没有可以一起聊天的人，不只是前天晚上，我每天都这样。”

时也之所以极力辩解，是因为他从警察那里得知了左卫门的死亡时间——在二十六日下午六点至十点。他在这个时间段做了些什么？能给他做证的，好像只有他用过餐的快餐店店员了。

“第二天，你和往常一样来上班了吗？”

“是的。我九点半到了这儿，开店时间是十点。”

当时，卷帘门和店门都锁着，但这样的情况时有发生，时也身上有备用钥匙。

“你大概什么时候开始感觉不对劲的？”

“开店营业之后吧。我朝里面的房间说了一声‘早上好’，可是没有任何回应。我以为舅舅还在睡觉。”

前一天左卫门愁眉不展，时也推测舅舅可能是借酒消愁，喝多了，所以到现在也没醒。他有点儿担心，朝里面探了探，结果发现舅舅人不在，铺在地板上的被子也没收起来。隔壁八张榻榻米大小的房间和二楼都用来做了仓库，也都不见舅舅的身影。

“发现舅舅不在的时候，我也没太紧张。我猜想他可能出去散步了，应该一会儿就会回来吧。”

“然而，左卫门先生迟迟没有回来。”

“对。到了十一二点还是不见人影。就算舅舅突然有急事，应该也会给我写个留言条或者打个电话，可他什么消息也没有留下。”

“你有没有试着拨打左卫门先生的手机？”

“当然试了，但是打不通，只能听到语音提示：您拨打的用户暂时无法接通。这下我有点儿慌了。不过，我做梦也没想到舅舅已经被害了。当时，只是有些担心他是不是在外面遇上了交通事故。”

时也在附近的便当店买来午餐，午餐过后，左卫门还是没有回来。到了下午，其他古董商打电话来，问：“阿粟在吗？”此时仍然不见左卫门的踪影。不祥的预感越来越强烈，但时也无计可施。他只能一边向电话那头道歉，一边心里默默祈祷舅舅赶紧回来。

“你发现尸体是纯属巧合，对吗？”火村慎重地向时也确认。

时也用力点了点头。

“七点店里打烊之后，我继续一边找点活儿干，一边等舅舅回来。这家店生意不算好，但要做的事也不少。有人在网上买了一件摆设，正当我要给那个订单发货时，发现合适尺寸的包装纸箱已经用完了。我记得纸箱的库存放在了六张榻榻米房间的壁橱里，在上面那层，于是去取，结果……”

时也没有继续往下说，他的表情就像是吃了黄连一样。火村毫无感情地继续发问：“听说左卫门先生的尸体就在壁橱的下面那层，被塞在了两床被子之间。你打开壁橱后立马注意到了吗？”

“是的。被子隆起，非常不自然。我正纳闷儿怎么搞成这样，掀开来一看……舅舅居然死在了里面。”

当时的时也该是多么惊愕啊！他光是回想起来就已经痛苦万分。

“当时大概几点？”

“八点四十五分左右。”

警察八点四十八分接到了时也的报警电话。

“你发现尸体的时候，左卫门先生已经死亡二十二小时以上了。你应该一眼就看出他已经死了吧？”

“一目了然。他头上受了严重的伤，血已经完全凝固了。”

据时也所说，他拨打了110以后，在店门口挂出了“休息中”的牌子，然后就在店里等着警察，没有触碰现场的任何东西。

“你一定受到不小的惊吓吧。”

火村终于说了句有人情味儿的话，但这说得也太晚了。我心想，既然要说，刚才人家回忆发现尸体的场面时，你就该说了。

“你看到左卫门先生的尸体以后，有注意到什么吗？”

时也无精打采地挠了挠脖子，说道：“没有。太恐怖了我都没仔细看，只记得他穿的衣服就是我最后看到他时的那身。”他的这个反应，我很能理解。时也继续说：“虽然平时在悬疑推理影视剧里经常看到这样的场面，但我做梦也没想到自己居然会成为第一个发现尸体的人，还被真正的刑警问了各种各样的问题，更意外的是……”

时也目不转睛地看着我们。估计他想说，更意外的是居然还有一位犯罪学专家和一位推理小说家作为警方的协助调查人员，也来向他询问案件细节。众所周知，干小说家这一行当的人形形色色，不尽相同。因此我对他来说，应该还属于能够接受理解的范围。相反，火村穿着白外套、黑衬衫，深藏青色的领带系得松松垮垮的——我曾经调侃他是犯罪学界的时尚领军人物。就算他出示了英都大学社会学系副教授的名片，在时也眼中也一定是一个相当奇怪的存在吧。虽说一位负责本次案件略显富态的警部关照过他：“请你如实回答两位专家的问话。”但我还是没想到他居然那么老实听话。

“老问你一些警察已经问过的问题，真不好意思。不过，我还是想向你确认一下，凶手从这里拿走了什么东西没有？”

时也面露难色：“你说的‘这里’，是指这幢房子吗？我好像没注意到少了什么东西，不过……因为做这行的关系，乱七八糟的东西太多了，我也没法肯定。光这家店来看的话，应该什么也没少。”

“打烊后，当天的营业额你们怎么处理？”

“现金都是舅舅在管，他会先放进里头的保险柜，第二天再去银行存掉。他不喜欢天黑了还揣着大量现金走来走去，所以一直不肯用银行的夜间金库[①]服务。”

“原来是这样啊。听说那个‘里头的保险柜’还挺难对付的。”

保险柜也摆放在壁橱的下面那一层。据说这是左卫门从某个有些历史的老宅子里收来的，他没拿去卖，而是自己在使用。保险柜是德国产的，年代已久，时也从没听舅舅说过这保险柜的打开方式，所以现在警方也没法调查里面的东西。警方已经叫了开锁专家前来，不过人现在还没到。

“那保险柜里有多少钱，我一无所知。但我之前清点收银机的时候，算上找零用的钱，顶多二十万日元。”

据说用于进货等需求的流动资金也放在了保险柜里，里面的金额可能为数不小。不过凶手的目的不大可能是这笔钱。根据现场照片，

---

① 夜间金库是日本的银行等金融机构提供的一项服务，让商家即使在银行关门以后，也能将当天的营业额安全存入公司账户。长年以来，日本许多零售业、餐饮业的商铺都会利用夜间金库服务。不过最近越来越多的银行已经把这项服务取消了。

被害人额头部位受到了反复的击打，第一下就足以致命，可凶手还朝着同一个部位用钝器敲了四下。凶器具体是什么尚不清楚。

“从行凶方式来看，凶手应该对死者怀有很深的怨恨，看来不像是一起杀人劫财的案子啊。”我小声嘀咕了一句。

时也听到我的话立即回应道：“哦——作为推理小说家，您果然是这么想的呀。”

“常人都会这么想吧。”

时也似乎特别看重我的推理小说家这一身份，他又用了“作为推理小说家”这个表达。说不定他误认为，警方的咨询顾问是我有栖川有栖，而火村副教授只是我的助手。

“但我还是想不明白。我跟刑警也说了，舅舅不是那种会与人结下深仇大恨的人。”

“他做买卖的时候从来没和别人有过什么过节吗？”我问道。

“好像没有呢。”

“可是，他不是把一件赝品卖给了鱼津先生吗？”

“那件事情不能算是过节，那是行家之间的尔虞我诈。吃了亏的‘鱼正’先生自己都把这事当作买个教训，不再追究了。”

我心想，得和鱼津谈谈，当面见着了说不定才能知道他心里到底是怎么想的。

另外还有一件事让我非常在意——左卫门抓到的“烫手山芋”。刑侦人员正在核对左卫门记录的进货台账，希望他们能从中发现蛛丝马迹。

“前天傍晚，你看到的那个穿着偏蓝色外套的男人，以前完全没见过吗？”穿着白色外套的犯罪学专家一边问，一边换了条腿跷起二郎腿。

“我只瞥见一眼，那个男人我不认识。若是平常，我早忘了。但舅舅出了那样的事，刑警又问到前天发生的事情，我才想了起来。那个人果然和案件有关吗？”

时也依次看了看我们，询问我们的意见。但我们也不清楚。

柜台角落里的电话响了起来。时也迅速拿起听筒。他朝电话那头回答道：“警察刚刚开始调查……谢谢您的关心……”看样子是同行或者常客打来的。

挂断电话，他用疲惫的声音说道：“尽管出了这么大的事，但还有几个订单我必须处理一下。我可以回去工作吗？”

该问的基本都问了，我们也不好限制他的自由。

“就剩你一个人了，想必一定很辛苦吧。”

听到我的话，时也不禁叹了口气：“这家店一年半载是没法再营业了，今后怎么样还得由舅妈来决定。但是，不能给客户以及周围的人添麻烦啊。所有的事情一下子全部压在了我身上，我感觉脑袋都快要爆炸了。”

时也在我们面前最终泣不成声。

3

大阪府警刑侦一科的鲛山警部补[①]正在六张榻榻米的里间，单腿跪地观察着壁橱里的保险柜。注意到我和火村，他嗖的一下站起身，说：

“粟岛时也和你们说了些什么？两位专家若是能帮我们套出一些新的线索就太好了。”

这位刑警比火村更有学者的风范。他一边说着一边用眼镜布擦拭镜片上的雾气。

“他只是非常耐心地把和警方说过的话重复了一遍。不过讲到一半的时候，他好像有点儿不耐烦了。”火村把目光移向保险柜，“开这东西的救星还没到吗？”

“已经安排了一位开锁专家，他正朝这边赶来，马上就可以开箱验宝了吧。话说回来，凶手似乎并不是奔着这个保险柜而来的。古董店和这个房间里的很多地方都留下了凶手擦拭指纹的痕迹，然而凶手却

---

① 警部为日本警官的警衔之一，相当于中国的警督。警部补则位于警部之下、巡查部长之上。

没有触碰保险柜上的密码转盘锁，那上面只沾满了被害人的指纹。”

“杀人动机应该与个人恩怨有关吧。”我喃喃地自言自语道。

鲛山听后表示同意：“我也这么认为。这个房子可以算是一家小型百货商场了，在外行人眼里，值钱的东西数不胜数。然而不管是一楼还是二楼，都没有被翻箱倒柜的痕迹。外加死者的那个伤痕，怎么看凶手都不像是来劫财的。”

“是呀，凶手用钝器击打了死者头部四次呢。”

“而且好像一定要置对方于死地似的，朝着被害人身上同一个部位——额头中央反复地击打。凶手明显抱有强烈的杀意。”

火村戴上黑丝手套，开始重新调查房间的各个角落。我则继续和警部补交流彼此的看法。

“如果真是仇杀，那凶手应该是死者的熟人吧。我认为凶手把尸体藏在壁橱的两床被子之间，说明凶手与被害人是互相认识的。”我不懂装懂地说了几句。

“有栖川先生所言甚是。如果是一位新客人打烊后来到店里和左卫门发生争执并把他杀害的话，尸体肯定就留在了店里。凶手不可能特地把尸体搬到这个房间，还塞到两床被子之间。”

左卫门的大部分闲暇时间都是在这个房间度过的。正因如此，房间里弥漫着浓郁的生活气息。地上铺着被子，一张让人感觉回到了昭和年代的茶几上，摆放着茶壶和茶杯，电视机周围散落着报纸和周刊。

墙上挂着一件轻薄短款防风夹克，火村正检查着夹克衣的口袋。

他背对着我们，向警部补说道：

“我一到这儿就听说，被害人的钥匙串是现今唯一能确认的失物。”

“没错，大概凶手锁上玄关的大门以及店面卷帘门后直接带走了吧。”

“死者的手机没有被带走吧？”

“被关了机，扔在了榻榻米上。有没有手机，办案难度完全不一样。对我们来说，这个凶手还算有点儿人情味。我们正一一联系手机通讯录里的所有人，目前……”

警部补卖关子似的，说到一半停住了。副教授整个身体转了过来，问道：“发现可疑人物了吗？”

“有一个电话，对方一听到是警察，立马挂掉了。那个电话是森下打的。”森下是办案组里的刑警，年龄最小，但却年轻有为。“据他所说，回拨过去后，对方虽然道了歉，说刚才是不小心挂断的，但声音颤抖得很不自然。”

接电话的是一位名叫“松成孜”的男士。

“这个人什么身份？”

“三十七岁，单身，公司职员，住在此花区内的一幢公寓里。据他本人所说，他想赎回他父亲的遗物，所以一直和左卫门电话联系。他父亲于今年一月去世，而他的亲戚在未征得他本人同意的情况下，把其父留下的一张书桌卖给了粟岛古董店。他得知此事，联系上了左卫门。店铺的进货台账里有相关记录，书桌就摆放在隔壁八张榻榻米的房间里，那间是店里的仓库。关于赎回一事是否属实，我们一会儿去向时也核实一下。”

“被害人所说的‘烫手山芋’，会不会就是那张书桌？”我脱口而出。

火村没有否定我的这个想法。

“也许有这种可能。不过，应该不至于赎回书桌的条件谈不拢就杀人吧……我倒要看看到底是张什么样的桌子。”

“您尽管看。”警部补继续说道，“死者手机通讯录里，我们感觉还有一个可疑人物，是一位名叫温田友里子的女性。虽然她说，自己只是曾经受到左卫门的照顾而已，但很明显两人并不是工作伙伴关系，更像是男女关系。”

“像是男女关系？那意思是，现在还不能确定喽？”

“我们还没和她当面谈过，不好妄下定论。听森下说，对方否认与被害人亲密关系的时候，有些支支吾吾的。另外，这个女人听到左卫门被害的消息，显得十分惊讶，这倒是人之常情。但是除了惊讶之外，对于左卫门的死讯，她更多的是感到疑惑，而不是难过。”

听到左卫门的死讯，这个女人表现出疑惑，那说明两人的关系并不十分亲密，只是逢场作戏？抑或她想结束两人的关系？

如果能从手机里看到两人的聊天记录，就能大致推测出两人的关系吧。然而，左卫门并不擅长发短信，基本只和对方电话联系。通话记录显示，从去年十月开始，两人的往来电话有二十通左右。最近一次通话则是在四月二十三日——案发的三天前。

松成孜和温田友里子，我反复默念着这两个名字，把它们记在脑中。

“看来得和这个女人好好谈谈。我先去看看书桌吧。”

火村说着，走进了八张榻榻米的房间，只见里面堆满了各种家具，像日式碗柜、餐桌，等等。又大又重的商品估计都存放在了这里。刚才我们去二楼看过，里面堆放着陶瓷工艺品、书画之类，都是一人就能搬动的较轻便的东西。

这个房间里的书桌只有一张，贴着右手边的墙壁摆放着。这是一张非常厚实的老板桌，两边各有一排抽屉，侧面和桌脚上都装饰着蔓草图案的立体雕饰，看上去华丽典雅，别具一格，难怪松成的亲戚特地把它卖给了古董店。

“这是橡木实木桌吧。希望有栖川老师能写出旷世之作，有朝一日也能在这样的书桌前伏案执笔。”火村站在豪华的书桌前，一脸认真地说道。

“作品的好坏与书桌的质量没什么关系吧。即便有朝一日我成了大文豪，用现在的书桌也够了。”话虽如此。“……哎呀，这书桌确实漂亮。我好歹算是个文人，老实说作为一名作家还真是有些心动。”

我想知道这张桌子多少钱，以便日后参考。不过，问了也是白问，肯定是我高攀不起的价格。而且松成孜也想把它赎回去，就算我现在钱包充裕，也得在拍卖会上与他一决高下才行。

火村摸了摸书桌表面，然后挨个儿打开了抽屉，当然每个抽屉都空空如也。

“父亲的遗物被人擅自卖掉，作为儿子，松成孜当然会来找左卫门，试图赎回去。左卫门完全可以卖给对方做个顺水人情。到底是什么原因两人谈不拢呢？”

火村一直在纠结这个问题啊。

“这家店的老爷子太贪心，看出这书桌对别人意义重大，想趁机敲对方一笔。应该就是这么回事吧。”

“这桌子又不是什么很畅销的东西，老爷子再怎么贪心，肯定也会找个差不多的价格脱手。这是人之常情，除非……”

“除非什么？”

“除非这不只是一张旧桌子那么简单，而是有什么特殊的价值，那事情就不好说了。左卫门当然会非常嚣张地漫天要价。”

“有没有特殊的价值，您也不清楚吧？火村教授，您是临床犯罪学专家，擅长在凶案现场进行‘实地考察’。可古董鉴定这方面，也是外行吧。”

火村把脸凑近左边最下面的抽屉，一边仔细观察，一边说道：“那是当然啦。作为古董有多少价值我不知道，不过，一个东西的价值可是体现在很多方面的。”

火村从外套口袋里掏出了一样东西——袖珍卷尺。

“你还带着这样的东西呀。”

“以前，去伦敦参加学术会议的时候，在跳蚤市场买的。正面的刻度单位是码，背面是米。之前一直不知道这把卷尺放在哪儿了，昨天它自己冒了出来。那个跳蚤市场好像叫波多贝露古董市场[①]，两千多家露天摊铺鳞次栉比非常壮观。英国人喜欢古玩，果然名不虚传呀。”

“有两千多家露天摊铺！那你瞎买了好多东西吧？”

“我很开心地到处转，和每个摊主说‘Can I see?’不过，最后只买了这个卷尺和一个鞋拔。”

在那么大型的跳蚤市场，居然只买了卷尺和鞋拔？这是在作秀吗？曾经有一段时期，他还将一串从国外路边摊买来的廉价项链挂在脖子上。火村这个男人，虽然拥有丰富的学术知识和卓越的侦探才能，还深受女学生的欢迎，只可惜他的衣着品位和购物眼光着实令人着急。

我刚想着他拿出这个从伦敦买回来的纪念品要做什么，只见他开始用它测量起抽屉的深度来。我大致猜到了他的意图，问道：“抽屉里有暗格吗？”

“抽屉内板的深度比外板浅了一公分，这个空间肯定能藏东西。不过好像不是按一下哪个地方就能打开那么简单……”

火村拔出整个抽屉，把它倒过来，用手掌拍打底板。当他拍第二下时，抽屉的底板忽然脱落了下来，哐啷一声摔在了木地板上。

“我就猜这么高级的书桌肯定有个暗格用来藏私密的东西，果然不

---

① 伦敦最大的古董市场，以电影《诺丁山》而闻名。英文名为 Portobello Market，中文译名较多，例如波多贝罗市集、波托贝洛路市场、诺丁山市集等。

出所料。本来应该会用吸盘之类的工具把底板提起来。没想到这个机关这么低级，真是大失所望。”

好不容易发现了一个隐藏秘密的暗格，然而里面什么东西也没有。不知道是本来就没东西呢，还是有人已经把东西拿走了。

“即便里面藏了东西，估计也就是些文件或者薄册子什么的吧。这个暗格只有这么一点儿空间。”火村继续说道。

“松成孜想要赎回这张桌子，会不会就是为了要拿回藏在这个暗格里的某样东西……”

“只能暂且这么推测吧。说不定被害人不肯出手的原因也在这儿。”

鲛山过来看我们进展如何，火村向他汇报了抽屉的暗格。警部补立即表现出饶有兴趣的样子。

我们三人一起去找时也问话。他此时正在店铺的柜台内对着电脑工作，被我们打断，看上去有些烦躁。

“那张桌子居然有那样的机关？我完全不知道。”

“左卫门先生肯定知道吧？”鲛山问道。

“这我也说不准呢。反正，我没听舅舅说起过。”

“一个叫松成孜的人想要赎回那张书桌，这事你知道吗？”

“不知道。”

火村问他是否清楚这张书桌是怎么收来的，他回答道：

“有人打电话来，说他那儿有张不错的书桌，想出手卖掉，问我们能不能上门去看一看。电话是我接的，不过是舅舅亲自去验的货。他觉得东西不错当场买了回来。大概是一月中旬的事情吧。我们修缮翻新了一下之后，于二月拍了照片，放在了网上出售，没有摆在店里头或者拿去古董市场卖过。”

顺便一提，据说售价为五十八万日元。这书桌确实高档。不过，应该还有讨价还价的余地，连椅子都没有就要这个价格，还是太贵了。

“你对‘温田友里子’这个名字有印象吗？”鲛山问道，“左卫门的手机里存了这个人的号码。”

“‘wen tian’是哪两个汉字？温暖的‘温’，农田的‘田’吗？没印象，第一次听到。舅舅可能也不是想故意瞒着我……”

“如果是男女关系，那瞒着你也很正常。”

“这个女的是舅舅的情人吗？”

“暂时还不清楚……打扰你工作了，真是抱歉。待会儿说不定还会有事情要问你。”

我们再次返回六张榻榻米的里间。火村一边走一边喃喃道：“他提到的‘烫手山芋’，说不定是温田友里子这个人。”

4

春月朦胧，万里无云。

刑警们陆续回到了设立在吹田警署的专案组总部。时间将近九点，全体成员就位，专案组工作会议开始了。

警方准许我和火村出席，我们坐在了会议室最后一排的角落里。副教授不知何时拿来了笔记本电脑，不等刑警们汇报，他已“咔咔咔”地敲击着键盘，运指如飞，估计是在整理现已掌握的各类线索。

吹田警署署长主持会议，不过中途船曳警部应该会接过话语权吧。这个秃头、啤酒肚、总是穿着背带裤的男人才是专案组的总负责人。

尸检结果的汇报工作结束后，船曳警部鼓动大家：“好！看来大家都有了不少收获，期待着你们接下来的汇报。”

我和火村并不知道刑警们掌握了哪些新的线索。听说就在十五分钟之前，牢不可破的保险柜被打开了，警方从里面发现了一样耐人寻味的东西。我心情激动，就像是在等着有趣的节目开演一般——虽然这么说，有些不合时宜。火村坐在我的身旁，继续“咔咔咔”地敲击着键盘。

经证实，凶案现场确实为粟岛古董店内。刑侦人员在水泥地板上发现了被擦拭过的血迹，从法医学角度排除了受害者死后从别处被搬运过来的可能性。

“凶手在店内杀害左卫门之后，为什么没有立马逃之夭夭呢？按常理来考虑，他这么做是希望尽可能地推迟尸体被发现的时间吗？”我嘟囔着。

火村依旧盯着电脑的液晶屏幕：“与其说是‘为了尽可能地推迟’，不如说是‘为了稍微推迟’。”

“有什么区别吗？”

“如果凶手想尽可能地推迟尸体被发现的时间，他完全可以把尸体搬走。当然这得花不少工夫。但是在天亮之前，他有足够充裕的时间。”

“就算时间充裕，他也没法将尸体扛在肩膀上搬走吧？肯定需要用到车。”

“附近的停车场里不是停着古董店的丰田海狮吗？如果是熟人作案，肯定非常清楚这一点，而车钥匙就在凶手拿走的钥匙串里。”

“这么看来，凶手不会开车？所以只能将尸体藏在壁橱里。”

“别这么快下结论。”火村说完，继续敲起了键盘。

刑警们走访了所有与被害人粟岛左卫门有过交集的人，从其他古董商口中了解到近来——即三月以来，被害人发生了如下两点变化：

第一，与原来相比，在生意上为了利益有些不择手段。难道说古董店的经营状况不太乐观？第二，粟岛对拍卖会及古董市场失去了热情。难道是工作之外遇上了什么烦心事？

还有人告诉警方：去年秋天的时候，左卫门还生龙活虎的，工作也很卖力。他竖起小拇指[①]，问左卫门是不是有了这个。左卫门只是咧嘴一笑，基本等于默认了。然而，到了今年三月，左卫门变了，变得比以前更加冷漠，爱搭不理的。他猜想，左卫门大概和女人闹了矛盾吧。

“那个女人就是温田友里子。”森下站了起来，向大家汇报他调查的成果。

“温田友里子，三十六岁，原先在一家餐饮店工作，去年夏天，餐饮店倒闭后，她就一直处于无业状态。她与母亲一起住在尼崎市内。去年十月，她偶然去了一趟吹田市的永兴寺古董市场，在那里与出摊的粟岛左卫门交谈后，两人成了朋友。他俩差不多每个月一起吃两次饭。她强调说，一起吃饭只是因为她觉得听左卫门聊古董很有意思，而且每次左卫门都会替她结账。两人关系仅此而已。”

“哼，她骗人吧。算了，先不管她说的是真是假……三月左右开始，两人的关系闹僵了，这是怎么回事？”

“她说，左卫门那儿已经没了有趣的话题，与左卫门见面、聊天让

---

① 在日本，小拇指有代表“女人”的意思。如果一边竖起小拇指一边说“这个”，通常就是指“女朋友”“情妇”等意思。

她感到厌倦、无聊。可是，左卫门依然不依不饶地打电话邀请她，于是她撒谎说，自己找到了工作，最近比较繁忙，然后尽量和左卫门保持距离，不再见面。”

船曳警部将双手交叉抱在胸前，说道："现在看来，这和其他人所说的左卫门近况相吻合。被害人一直恋着旧情，三月以后开始对这个女人纠缠不休……就算有这么回事，那女人也不会如实说吧。"

"是的，我试着往这个方向套她的话，但她矢口否认了。"

"温田有没有去过左卫门的店铺？"

"她说从来没去过。"

"这个温田友里子是个什么样的人？惠一刑警，你接触下来什么感觉？"

这位爱穿阿玛尼西装的年轻刑警，曾被人调侃为不合格的惠一刑警[①]。不过，他在船曳手下摸爬滚打久了，已成长了不少。

"这个女人一点儿也不胆怯，思维也很敏捷。当我问及她在餐饮店里具体做什么工作时，她直接回答我说，是陪酒的。从她的谈吐可以看出她接触过很多客人，善于交际。那个……说得不好听一点儿，就是擅长勾引男人，很会给男人暗送秋波的那种。"

"哦，你是不是也差点儿被她勾了魂？"

"没有，我对年纪比我大的女人不感兴趣。"

① "惠一"和"刑警"两个词的日语读音接近，因而被人调侃。

会场传出一阵笑声。

当被问及案发时的不在场证明，温田非常配合。据她所说，案发当天，她和一位下班归来的朋友约好七点在梅田车站碰头，之后两人去了一家高档居酒屋，她们是那家店的常客。她和朋友一起待到了十点。关于这些，森下已经进行了相关的确认，温田所言属实。

“七点到十点？那她的不在场证明完全成立啊！”我喃喃道。

“那也未必。”火村说道。

“时间完全吻合啊。你的意思是森下刑警的取证工作不够到位？”

“七点以后的不在场证明并不能说明问题。被害人的死亡时间可是六点至十点。”

“可七点钟打烊的时候，时也听到了被害人说话的声音哦。”

“那也只是时也的一面之词，真伪难辨。”

火村说的不无道理。但是我并不认为时也会为了温田的不在场证明而提供虚假的证词。

没有证据能证明他们关系非同一般。另外如果他俩真是共犯，要杀害左卫门，神不知鬼不觉的方法比比皆是。或许时也自始至终都没有撒谎，他和温田友里子也都是清白的。

“既然有了不在场证明，那茅野君的假设就不成立了。”船曳警部朝着坐在最前排的资深老刑警说道。

以往只要森下犯了错，茅野便对他大吼“惠一！”不过最近倒是没怎么听到了。

“既然刑警精英森下先生已经搜集到了证据，那应该错不了吧。看来我这是白忙活了。”茅野表示认同。

根据茅野的调查，从去年十一月开始，左卫门从银行账户提取了好几笔钱款，每次金额都不少，总额超过两百六十万日元。另外，信用卡的消费记录显示，左卫门曾在商场购买过女性服饰。很显然被害人在女人身上花了不少钱。由此，茅野推断被害人是因情感纠葛而被杀害。

“茅野刑警也未必白忙活了。”火村忽然小声说道。

“左卫门口中的‘烫手山芋’是指温田友里子——这是你的看法吧。”我也压低了声音说道，“左卫门意识到温田把自己当成提款机，不禁喃喃自语，‘抓到一个烫手山芋’。不过，‘烫手山芋’一说也只是时也的片面之词。如果温田是主犯，时也是帮凶……不对！这样一来，时也在这起案件中扮演的角色就比较奇怪了，一般来说，男性会主动承担主犯的角色……”

“别急，鲛山刑警还有话要说呢。”

只见鲛山站了起来，他手里拿着一张 A4 纸。

“三月十日以来，一名叫松成孜的人和被害人共通了五次电话。关于松成，待会儿由森下汇报。在他汇报之前，我先插一嘴。发现遗体的壁橱里有一个保险柜。本次会议开始前十五分钟左右，我们成功破解了保险柜。里面除了店铺营业额三十八万五千日元现金之外，还有这样一份东西。我现在手里拿着的是复印件。”说着鲛山将拿在手里的纸张挥了挥。

“什么呀？”坐在一旁的茅野将头凑了过去。

“我会念出来的，你听好就是。”鲛山继续说道，“是遗嘱。本人去世后，本人的全部财产，包括流动资金和不动产，全部赠予日本导盲犬普及协会。平成二十五年六月一日，松成专太郎。画押的印章……后面还有小堺宽三、小堺洋子两人的签名。松成专太郎是松成孜的父亲，于今年一月去世。小堺宽三和小堺洋子两人应该是作为遗嘱的见证人签的字，目前还不清楚他们的身份。内容非常简单，但是作为遗嘱，格式相当工整。全文皆为手写。如果正文部分确实为专太郎本人的笔迹，这份遗嘱就具有法律效应。一般来说，亲笔书写的遗嘱即便没有见证人的签名也能生效，找来见证人估计是专太郎为了确保万无一失吧。”

会场顿时沸腾起来。大家都很费解，粟岛左卫门和松成专太郎非亲非故，为什么他的保险柜里会有这么一份东西？

“肯定是左卫门注意到抽屉有暗格，打开后发现了这份遗嘱，然后把它放在保险柜里保管起来的。他很清楚书桌的卖主是谁。如果他是个有良知的人，一定会立刻联系死者家属将遗嘱归还。但他把这份东西藏在了保险柜里，也就是说……”火村扬起嘴角说道，“左卫门，不是个好东西呀。”

“什么意思啊？”

火村指了指鲛山，让我安静地听鲛山发言。

“这份遗嘱如果是真的，那会给松成专太郎的继承人造成莫大的损失。他原本期待着能拿到的遗产，将眼睁睁地从指缝间溜走。尽管也不是一分钱都拿不到，民法规定的‘遗留部分’还是可以得到的，不过金额只有原来的二分之一。肯定有人无法接受这样的事实吧。”

日本的继承法规定，即使死者立了遗嘱，将名下全部财产赠予某个特定的人或组织，原本的法定继承人也有权按照一定比例继承遗产的一部分。这部分就是“遗留部分”。

“这份遗嘱保存在了死者房间的保险柜里，希望大家听森下汇报松成孜的个人信息之前，记住这个。我要说的就这些。”

鲛山说完朝森下扬了扬下巴，于是森下开始汇报：

“松成在一家制造游乐设施厂的销售部门工作，公司位于新大阪车站前。我在其公司附近的一家咖啡店里向他做了询问笔录。”

据松成所述，今年一月，其父亲去世后，他由于工作繁忙，就把整理父亲遗物一事交给了表姐。表姐是个热心肠的人，只是两人在沟通过程中出现了误会，导致一张他原本想留在家里的书桌被表姐处理掉了。他急忙问表姐卖给了哪家店，想把桌子买回来。但是在价钱上和古董店老板左卫门谈不拢，最近两个月他们一直在讨价还价。

“松成强调说，这张书桌是他父亲生前在大丸百货[①]特别定做的，古董店以十八万日元的低价买进，居然想以五十万日元以上的价格出

① “大丸”是日本一家大型连锁百货公司的品牌，在日本相当有名。

售，实在太过分。”

“让别人以出手价格的三倍买回去确实有点儿心狠手辣。”茅野说道。

“我也是这么觉得。不过以日本的古玩市场行情来看，这个倍率好像也不算太离谱。当然也要看是什么古董。松成原先的心理价位是在十八万的基础上最多再稍微加一点，因此他对于对方的开价感到非常生气。他说，被害人手机上留着的通话记录，都是他们关于书桌一事通的电话。”

船曳用手拨了拨他并不存在的前刘海：“书桌一事，是松成主动联系粟岛古董店的吗？”

“是的，他说给店铺打了电话。”

“他说谎呢。我这儿有今年古董店的所有通话记录清单，但并没有松成打来的。通过网络是无法查找到店铺老板手机号码的，只能考虑为松成直接去了店铺，或者左卫门主动联系了松成。”

如果是前者，松成完全没有必要撒谎，那只可能是后者了。因此可以推断，左卫门试图与松成取得联系，当然是为了遗嘱一事。

“两人并非就书桌的价格讨价还价，肯定是关于交还遗嘱的问题发生了口角。”

不仅是我，在场的好几名刑侦人员也点头表示赞同。

“左卫门发现了遗嘱，嗅到了商机。事先调查一番之后，他暗地里盘算着，遗嘱要是公之于众，这儿子得亏大发了，可以趁机敲一笔。

他定是窃笑着拨通了松成的电话吧。”我脑海里浮现出左卫门给松成打电话时的情景。

我看了一眼火村，他已经停下了双手，大概他早就把这种可能性敲进了电脑吧。

“和松成孜会面时，我并不知道遗嘱一事。但我们谈到了遗产问题。”森下接着说道，“他的父亲松成专太郎原本为高中语文教师，从祖父那里继承了一笔财产，通过资产运作赚了不少，身家超过一亿日元。他的母亲早已病逝，也没有兄弟姐妹，松成孜是专太郎唯一的遗产继承人。”

考虑扣除额、丧葬费等开销，另外，由于金额巨大，遗产继承税应该也不少。不过算下来，专太郎的遗产也大致要有一亿日元吧。因为这份遗嘱的出现，松成孜只能继承其中的一半——即遗留部分，这对他来说是一个不小的打击吧。虽然说即便只剩一半，那也有五千万日元，但如果松成孜不忍放弃即将失去的五千万日元……

“他父亲为什么要留这么一份遗嘱呢？就这么一个儿子，太薄情了吧。”船曳说道。

森下自然没法回答这个问题，他刚才已事先说明，他与松成孜面谈时，还未知晓遗嘱一事。

“我也不清楚这其中的具体缘由。不过，松成在谈及他父亲时曾说道，‘家父虽然严格，但是是一个好父亲’，他们父子关系也很融洽……另外补充一点，在面谈过程中，他并未提及其父亲或家人与导盲犬之间有任何渊源。”

专太郎为何决定将巨额遗产捐出？他的真实意图是什么？这就无人知晓了。

“关于二十六日事发当天，他的行动轨迹如下：虽然时值法定假日，但他并没有休假，白天在外跑业务，回到公司时已经是傍晚六点多。写好当天的工作汇报，他于七点离开了公司。他表示其上司与同事可以给他做证。关于这些，一查便知，我觉得他没有必要撒谎。他在新大阪站附近吃过晚饭后，回家途中在大阪站下了车，在梅田一带闲逛了一阵子，到家时已近九点。关于这一时间段的行动轨迹就比较难取证了。”

“回到家后的不在场证明，他更加拿不出来了吧。”

“事实并非如此。据松成所述，当晚，隔壁邻居大声地播放音乐，他上门比较委婉地向对方提了意见。他隔壁住的是一位刚搬来的美国男性。对方非常正式地向他道了歉，并且作为赔礼，还请他进屋喝了啤酒。”

“这邻居可真热情好客呀。那他在邻居家里待了多久？”

“从九点半开始，差不多一个小时。”

船曳警部摸了摸他满是赘肉的双下巴，若有所思地哼了一声，说道：“森下，你明天再去找松成孜谈一谈，把我们发现遗嘱的事摆出来吓唬吓唬他。要不让火村教授和有栖川先生也跟你一起去吧，小堺宽三和小堺洋子那边我派别人去。两位专家，意下如何？”

船曳警部朝着我们这边问道。火村回答：“求之不得，刚好我也想见见松成。”

森下汇报完毕后，船曳警部点名道：“小町[①]，把你发现的东西和大家说明一下。”办案组里唯一的一位女性警察——高柳真知子站了起来。

“好的。”高柳真知子应声离开座位，来到了白板前，扎在脑后的马尾辫随着步伐摇晃着。她好像把头发留长了许多，迷人的额头光洁亮眼。她打开了事先已搬进会议室里的电视屏幕开关，看来是要播放什么东西给大家看。

“我们调取了案发现场半径五百米范围内的摄像监控记录，逐一查看后发现，有一台监控摄像头拍到了一个疑似被害人的身影。这台监控的位置在这里。”高柳真知子从贴在白板上的地图中指出相应的位置，然后继续说道，“是一台安装在‘樱花路商业街’的摄像头，位置距离案发现场以东十八米。录像中的时间为二十六日晚上九点零五分至零七分。”

一听到这个时间段，火村坐直了身体。

“监控画面的像素非常低，请大家擦亮眼睛仔细观看。”

她开始播放监控录像。画面中确实雪花点较多，非常模糊。录像

① 此人全名是高柳真知子。“真知子”的日语发音为“ma chi ko”。船曳警部给她起的绰号是，把名字倒过来，最后一个音放到了前面，即“ko ma chi”。“ko ma chi”刚好和日本古代一位非常著名的美女“小野小町”的“小町”发音相同。

为俯视视角拍摄，应该是装在路灯上的摄像头拍到的吧。画面中能看到一家关着门的烟草店，店门前有一台自动售货机，散发出朦胧的微光。不一会儿，画面的右下角处，出现了一个男人的身影。

5

第二天下午，森下驱车，我们三人一起前去与松成孜会面。会面地点为一间咖啡厅的包厢，是由松成指定并预约的。

“小町刑警找到的那段影像中，那个人真的是粟岛左卫门吗？虽然时也断言‘是舅舅没错，舅舅走路时就是这副弯腰弓背的样子’。可是，影像的像素太低了。虽然那个人戴着左卫门标志性的针织帽以及口罩，但同时也因为这个，完全没法确认那人的长相。”森下从车内后视镜里看着我们，询问道。

他的疑问不无道理。

“一个扣着和左卫门一样的帽子，还戴着口罩的人正巧经过那里？——这也说不通啊。”我说道，“也太过巧合了吧。”

“嗯。话虽如此，但那影像真让人不爽啊。那样低的像素即便用电脑处理也没法将它变得清晰。如果那真是左卫门，他当时在做什么呢？”

这确实是个谜。影像中的人物先是出现在了画面的右上角，他从粟岛古董店的方向走来，接着走出画面，消失了一会儿。一分四十四秒之后，他重新出现在了画面的左下角，并朝着来时的方向走去。那是左卫门在附近的便利店买了东西后立马折回古董店吗？可是了解此地地理位置的人都会对这个假设持怀疑态度。监控画面所拍摄的地点，其前方只有一条“樱花路商业街”，并且大多数商铺已经歇业。另外，还存在一个疑点：短短的一分四十四秒，能从这儿走到商业街并且折返回来吗？

“商业街里有饮品自动售货机。不过，粟岛古董店的附近也摆放着售卖同样商品的机子。因此，他不可能是为了购买特定品牌的饮品而特地去了一趟商业街。”

即便他朝着商业街一路狂奔，恐怕也来不及吧。另外，影像中看似左卫门的人物，来回都是两手空空，身上所穿夹克衫的口袋看起来也不像装了饮料罐。

“从画面中消失到再度出现的一分四十四秒。火村教授，你认为在这么短的时间里他做了什么？”

森下透过车内后视镜看着火村。

“嗯……做了什么呢？等一下我们去现场实地走一遍吧。”副教授回答道。

我们按照约定好的时间，一点半准时到达位于 JR 天满车站附近的咖啡馆。这时，松成已经在包厢里等着了。他眉毛上挑，脖子细长。如果将人的长相分类，他应该归在爬行动物一类吧。

我和火村与他虽是初次见面，但事先已从照片上看过他的相貌。倒也不是他提供给警方的照片，松成孜将自身的照片放在了Facebook上。

森下简单地介绍了一下我和火村之后，立马切入了正题——关于遗嘱一事。

“你们已经查到了啊。我就知道这事迟早会被发现，已经做好了心理准备。”

松成说话时眼神飘忽不定，看来他并不是一个胆大心雄的男人。

“你父亲为什么留下了一份这样的遗嘱？昨天聊下来，我感觉你们父子关系并不差，那他为什么要把全部财产捐赠给一个毫不相干的组织呢？这也太过分了吧。”

“你误会了，森下先生。”出乎意料，松成居然为他父亲辩护起来，“事已至此，我就实话实说吧。我父亲并不讨厌我，反而是为了我着想，才写下了那样的遗嘱。这是我听小堺先生说的。”

小堺宽三是松成父亲的旧友，其妻为小堺洋子。听说，去年六月，松成专太郎请旧友夫妇作为遗嘱见证人签名时，曾和他们说道：

“不为儿孙买美田[①]。正因为我爱他，才不想给他留下不劳而获的财富。突然继承一大笔钱，从而失去上进心，最后反而倾家荡产，这样

---

① 此句出自日本近代政治家西乡隆盛创作的汉诗《偶成》。全诗为“几历辛酸志始坚，丈夫玉碎耻瓦全。一家遗事人知否，不为儿孙买美田”。其中，“不为儿孙买美田”成了在日本广为传颂的佳句。“美田”即肥美的田地，意喻丰富的财产。诗句意思为：给子孙留下遗产反而会害了他们，要让儿孙自己拼搏，才能成就事业。

的例子我见多了。在别人看来，我这么做冷酷无情，但其实这是严父对儿子最后的爱啊。由于遗嘱内容特殊，所以我希望你们做我的见证人，证明这是我在神志清醒的状态下写的。”

小堺夫妇只是在遗嘱末尾签了名而已，并没有看过正文内容。

“他们夫妇俩好像也没想到，我父亲居然在遗嘱里面果断地写了赠送全部财产。父亲去世后第四十九天的忌日，他们来上香时，和我说了那封遗嘱是父亲对我的爱。我听后非常惊讶。我从来都不知道父亲写了遗嘱，而且遗物里也没发现那样的东西。小堺先生估计要不高兴了，他肯定觉得我打算找到遗嘱后偷偷销毁掉。不早点儿澄清他对我的误会，我每天都睡不着觉。”

松成显得有些坐立不安。火村向他问道：

“专太郎先生下定决心写下的重要遗嘱，好像被藏在了书桌抽屉的暗格里。你不觉得很奇怪吗？一封内容如此特殊的遗嘱，一般人应该会交给公证人保管吧。即使他不这么做，也不应该藏在抽屉的暗格里啊。这样一来，不是谁也发现不了了吗？”

松成反复揉搓着鼻子下方，似乎那块地方痒痒的。

“你的疑问我完全理解，具体父亲是怎么想的，我也不清楚。不过我觉得这挺像他的作风。我父亲去年六月过了七十大寿。从那时起，他开始读一些关于‘终活’[①]的书。我跟他说：‘你读这个还早吧。’他

---

① 为迎接人生的终点而做的各项准备活动。日语中简称为“终活”。

回答我：‘任何事情，想到了，就要立马行动。我先慢慢地开始准备起来。’估计他第一步就准备了遗嘱吧。”

面对自己人生的终点，采取行动安排好一切后事，这就是“终活”。日本超老龄化社会现象日趋严重。在此背景下诞生的这一新词，已不再是昙花一现的流行语，而将沉淀为日常用语，深入人心。

“然而，我父亲身体健康，没有患任何重病。他原本计划着一点点处理掉他的私人物品，应该是想着自己至少还能再活五年吧。关于这份遗嘱，估计他还没想好具体怎么处理，心想着：先放在儿子看不见的地方，日后慢慢来考虑。于是就藏到了抽屉暗格里。”

人，除非自杀，否则没法预测自己哪天死亡。自认为非常健康的专太郎，血压稍微有点儿高。但他觉得自己年轻时就这样，所以一直没有放在心上。一次突如其来的心肌梗死断送了他才刚刚开始的“终活”。

“这包厢可以吸烟，我可以抽一支吗？”

松成客气地问道，大概是为了缓解自身的紧张情绪吧。这当然是火村求之不得的。

“如果这能让你更容易倾诉的话，请便。我陪你一块儿抽。”火村立刻叼起了一支骆驼牌香烟，“小堺先生说过之后，你找过遗嘱吗？”

“即便知道那上面写着对自己不利的内容，但那可是父亲最后的遗言，我无法忽视它的存在。书桌、斗柜的抽屉，我都翻遍了，但没找到。说实话，我当时心情相当复杂。一方面觉得很遗憾，另一方面又觉得找不着对我来说也不是坏事。就在那时……”

粟岛左卫门忽然打来了电话。他自报了家门，说自己收来的书桌里有一份遗嘱，并向松成提出了一个建议。

“他和我说：‘这遗嘱要是公之于众，你损失可大了。我把遗嘱放回书桌里，你把书桌买回去怎么样？’他报价两千万日元。”

不知道是不是被自己抽的七星牌香烟给呛着了，松成的眼眶有些湿润。他该不会是想起左卫门打来的电话，委屈地要哭了吧。

“超过进价的一百倍了，这也太过分了。可是，对你来说，遵从他的要求也不亏啊。作为继承人，你能得到的遗产份额为五千万日元。但如果你把遗嘱收回来，销毁掉，实际上能到手八千万日元。”

“我也是这么盘算的。但是一想到我居然要被一个卑鄙的家伙敲诈两千万日元，就气不过。我试图警告他，你这么做可是犯法的，我不在乎能拿到多少遗产，我要去报警。可这完全没有吓唬到他。对方老奸巨猾，早就看透了我的心思，他嗤笑道：‘你再好好想想吧。不过，不接受还价哦。’真是个贪得无厌的家伙，为此我非常烦恼。唉！要是被在天堂的父亲看到我这副模样，他得伤心叹气了。”

说到这儿，男人显得十分消沉。

“你和左卫门见过面吗？”火村继续他的提问。

“就见过一次。在南区[1]的咖啡馆里。那次他把遗嘱的复印件给我

① 原文为“ミナミ”，大阪的“南区”，指的是难波、道顿堀、千日前一带的繁华商业街。

看了，确实是父亲的笔迹。”

“你没去过粟岛的古董店吗？”

“没有。”

“你只是没有进去过而已，但曾经在店铺外围偷偷地观察过吧。当时有人看到你了。”

“……警方连这个也调查清楚了呀。”

警方把松成 Facebook 上的照片给时也看过后，他立马认出了松成就是事发当天傍晚他所看到的可疑人物。

“我跑客户刚好到了附近，于是顺道去看了一眼。我可没想过要趁机溜进去把遗嘱偷出来。我站在远处偷瞄，结果一个店员送客人出来的时候，正好和我对视上了，我吓得慌忙离去。”

被店员送出来的其实是同样卖古董的鱼津，松成把他当成客人了。

森下长相俊美，仪表风度完全不像一名刑警，大家都称他为“杰尼斯系[①]”刑警。此刻，他为了震慑住对方，故意压低声音质问道：

“你在骗人吧，松成先生。你是为了等店铺打烊后闯进去，事先踩点吧。”

“冤枉啊。”松成慌忙解释，“我没有理由要杀人灭口啊，我又不是被他抓住了什么曾经杀人、抢劫的把柄。我只不过在纠结能获得的遗

① 日本有一家叫作“杰尼斯事务所”的著名艺人经纪公司，其业务是专门捧红男性偶像艺人及团体。因此日语中“杰尼斯系（ジャニーズ系）”，专门指代那些外表帅气打扮时尚的“美少年”。

产份额还能增加多少而已。我虽然工资不高，但也没到那么急需用钱的地步。”

“我没说你打算闯进店里杀人灭口。我只是说，你想和他当面好好谈谈，但又害怕被别人听到，所以打算打烊后再去店里。”

“我那天必须得回公司，完全没有时间跟他坐下来好好谈。”

“七点你就离开公司了吧。匆匆吃掉晚饭以后，你是不是又去粟岛古董店了？这个时间点，天才刚黑，你有足够的时间跟他谈判。”

尽管森下装出凶悍强势的样子，但他气势还是有些不足。松成态度一变，生气地反驳道：

“这话无凭无据，完全都是你的猜想而已。你这是诽谤诬蔑。我没有踏进过粟岛古董店半步，也没有动过粟岛左卫门一根头发。不管你问多少遍，我的答案都是一样。我在梅田车站瞎逛了一会儿就回去了，之后一直在自己家里。你们去问过拉尔夫没有？”

拉尔夫应该就是他隔壁的邻居吧。看来他们的关系一下子亲密了不少。

“是，问过了，别的刑警去找他问了。”森下说道。他在气势上完全被对方压倒了。

“那就好。他日语很流利，一定能把当晚的事说清楚。当晚我们两人一起搞了个小型酒宴。”

这位“爬行动物系”男人，伸出舌头舔了舔嘴唇。

6

接下来我们要去的是温田友里子的家。听说与她同住的母亲出门和朋友一起去看戏了，我们可以慢慢地向她问个清楚。

“那位名叫拉尔夫的美国人，他的证词非常关键。监控是在九点零五分至零六分拍到了看似左卫门的身影。这个时间之后，松成才动手的话，九点半之前他肯定没法回到此花区的公寓里。”森下一边开车，一边说道。

我们正驱车沿着43号国道向西行驶。

火村一言不发。于是我回答道：“确实如此，这么短的时间是不可能从吹田移动到此花区的。此外，凶手在行凶之后，擦去了现场的指纹，还把尸体藏在了壁橱里，光是完成这些至少也得九点半了。”

“现今已经确定凶案现场就是古董店内，他这个不在场证明可是相当有利啊。不过前提条件是他并没有和拉尔夫事先串通。”

“关于这点是由谁去调查取证的？”

“日语水平一流的茅野刑警。他一定能查个水落石出吧。”

“话说回来，这个叫温田友里子的女人长得妩媚吗？”

“有栖川先生，你这话题也转得太快了吧。怎么说呢……她并不是那种一眼就让人觉得惊艳的女人。那种女人，男人多半不敢轻易接近吧。温田友里子让人感觉触手可及，却又有些特别之处。她有些出尘脱俗，高高瘦瘦的，让人感觉和她在一起，她会好好呵护你，对你有求必应。粟岛左卫门长期以来和妻子分居，一定非常孤单寂寞吧。这种类型的女人当然会令他心动不已。”

“不过她年纪有些大，不是你的菜。话说回来，你会上那句‘对年纪比我大的女人不感兴趣’有些多余啊，怎么听上去像是在讽刺小町刑警呢。”

“啊？我可丝毫没有这个意思。完了！完了！”急于为自己辩解开脱的森下惠一说道。

就这样你一言我一语，不一会儿我们就到了尼崎市。

温田友里子的家是一栋两层楼的瓦顶房，建在神崎川河畔，被夹在了两栋公寓之间。阪神电车从铁桥上飞驰而过的声音乘着春风传了过来。温田领着我们来到了餐厅。

“真没想到您会连续两天都来拜访我。我倒没什么，连续两天能见着这么年轻帅气的刑警先生，我非常开心。”

乍一看，温田是一个干净清爽的女人，长相普通，衣着朴素，但她开口说话时，语气却有些轻浮。也不能说她是表面客套礼貌，内心却眼底无人，但可以看出来，她是一个不简单的女人。

“今天是三个人一起来呀。案件有什么新的进展吗？”温田一边说，一边用眼睛扫视着我们三人。面对前来调查凶案的男人们，她没有一丝紧张。

“关于案件的具体进展情况，我们不方便透露。不过，调查取证工作正在有序开展中。”森下说道，“在昨天的专案组工作会议上，您可是大家议论的焦点呢。”

我心里暗想：议论的焦点？这个说法不太妥吧。不过，温田似乎对这个话题很感兴趣。

“大家都说这个女人很可疑？”

“温田女士，左卫门和你交往之初从存款里取了不少钱，他在你身上花了不少吧。有刑警认为这和本次案件有关，那位可是我们刑侦一科的资深老刑警哦，我们管他叫阿山先生[①]。”

森下今天有些反常。他应该并不是故意在和这个女人开玩笑，而是有自己的一番深思熟虑吧。

“阿山先生？你在开玩笑吧。你这是在逗我呢，刑警先生。”

温田被他逗笑了。原来如此，生性耿直的森下这次故意不按常理出牌，目的是掌控谈话的主动权。火村似乎看出了森下的用意，笑而不语，默默地喝着温田给我们上的茶。

---

① 1970—1980年，有一部叫作《向太阳怒吼！》（太陽にほえろ！）的日剧，这部剧被日本人评价为侦探电视剧的金字塔。剧中有一位叫“山村精一”的角色非常有名，他的外号就是“阿山先生（ヤマさん）”。因此这个称呼经常在日本的侦探剧里被拿来作梗。

“温田女士，我并不是在怀疑你是凶手。我只是觉得，要了解左卫门先生，咨询你应该是最方便、最快捷的方式。你能跟我们好好说说吗？你有没有向左卫门先生索要过钱财？”

对于这么直截了当的提问，温田苦笑了一下：“你这问题很不礼貌哦。我没有直接开口要过，不过可能表现在了态度上吧。我没有工作，一直手头拮据嘛。”

说这话时，她的手势动作非常夸张。下一秒，她忽然将双手手背朝上，并排摆在我们眼前，说道：

“你们别看我戴这么多戒指，但全都是从古董市场买来的便宜货，一个才两千日元。”

“你的意思是，你没向他提过要求，是他自己主动向你发起了‘礼物攻势’，对吗？”

“你们觉得他在我身上花了很多钱？没那么回事。每次吃饭基本都是去居酒屋。生日的时候，他也就给我买了件衣服。我只把他当作一个比较慷慨大方的大哥而已。……来，森下先生，还有两位专家，都请尝尝这点心吧。”

温田指着摆放在托盘里的茶点说道。我伸出手拿了一个。

“案发当晚，我和朋友在一起。这个你们调查过了吗？”

“昨天我们去了那家名为‘压花’的居酒屋确认过了。居酒屋老板已经证实，你确实于预约时间七点准时到店，并在那里一直待到十点才离开。老板还让我转告，他期待着你的再次光临。”

“这些情况你在刑侦工作会议上汇报了吗？这就可以证实我的清白呀。我还是第一次被警察问及不在场证明。只是因为我和左卫门先生关系亲密，就被你们怀疑，真是太伤心了。就算我们两个吵了架，我也不可能会拿家伙把他打死啊。他在我身上花了那么多钱，要是我跟他提出分手，他一激动把我打死了，还说得通。”

温田所言甚是。

“没错吧？那个阿山先生，他想象的是不是粟岛先生抡起烛台朝我冲来，我一把抢过它，打了过去？”

火村的眼角微微抽搐了一下，像是身体被针刺了一下似的。他开口道：

“粟岛先生抡起烛台……这说得非常有电影的画面感啊。你怎么会想到烛台呢？”

“倒也没有什么特别的缘由……大概店里有烛台吧。”

我们在古董店并没有看到过烛台。

“你去过店里吗？”

“没有。”

“那为什么……”

“我在他店铺的网站上看到过啊。”

温田站起身，从隔壁房间拿来了笔记本电脑。她熟练地检索出了“粟岛古董店”的网站。

“你们看！这个！”

网页上是一张粟岛古董店的全景照。店铺的橱窗里摆放着一只三头烛台，看上去十分厚重。上面插着二支蜡烛，粗大的烛台主体部分雕刻着一些装饰图案。烛台高度大约有五十厘米以上，除非是豪宅，要不可用不上这么气派的摆设。这应该是适用于高端酒店或者高级餐厅的商品吧。

“这已经被卖掉了吧。”我说道。

网页上的似乎并不是太久以前拍的老照片。橱窗共有两层，上层陈列着西式餐具和带有装饰性灯罩的台灯；下层则摆放着日式陶瓷——这些东西的陈列摆设与现在相差无几，唯一不同的是，烛台不见了。

“原来是这么回事啊。”火村点点头，“至今还没找到的凶器就是类似这样的东西吧。左卫门先生被钝器连续多次敲击头部致死，这个你应该有所耳闻吧。关于凶手，你有什么线索吗？”

温田啪的一声合上电脑，轻轻地摇了摇头。

“不知道啊，我并不清楚他的人际关系。”

“他有没有提到过和谁有过矛盾？”

“我仔细回想过了，没有啊。他平常也就说一些政治家的坏话。”

“关于生意上的怨言呢？”

“关于经济不景气，他倒是会偶尔提到。说什么泡沫经济时代简直就像做梦一样。泡沫经济已经是二十五年前的事了吧，还是更久以前？那个时候，他好像还是大学生，从他父亲那里能拿到不少零花钱，每天游手好闲。他想着古董店肯定能赚不少钱，非常开心地继承了父业。当时确实赶上了好时候，不过要是没有他父亲的潜心钻研与艰苦奋斗，是不可能赚到钱的。可他对这些却视而不见。”

左卫门是粟岛古董店的第二代当家人。他死去的父亲在年轻的时候，刻苦努力，拥有了自己的店铺。可继承了家业的左卫门却对这份事业既没有动力也没有激情。他只顾追求眼前的利益，随波逐流，渐渐地失去了信用，使得家业日渐衰败。温田谈及这些的时候，就像是一名长年关注着左卫门店铺经营状况的看客。

“我家以前是开杂货店的，最早是由我祖父白手起家，因为地理位置不错，所以生意兴隆。但是我父亲接手后，立马开始走下坡路。我常提醒他，商品种类不够丰富，得进点儿新货才行，可每次他都对我发脾气。生意这东西，让一个没有干劲儿的人来打理，只会一天比一天惨淡。粟岛先生的店我虽然没去过，但大致能猜到是什么样子。肯定是好古董都卖掉了，只剩下一些歪瓜裂枣留在了店里。”

我不懂古董，没法判断店里的商品是好是坏，不过她这话确实一语中的。即便是我，有时看到某些古董，也难免心潮澎湃。但踏入粟岛古董店时，我只是被人体模型吓了一跳而已，并没有什么东西能让我眼前一亮——这份平庸和那家古董店是否是凶案现场无关。

“左卫门先生曾和你聊起过他的外甥吗？”

“偶尔吧。他外甥名字叫时也吧？我觉得这名字听上去特别适合做古董买卖。不过左卫门先生也就在随意闲聊时提起过他而已。比如，和时也一起去了不知在什么地方的露天旧书摊，时也在跳蚤市场发现了有意思的商品之类的。”

“你们见过面吗？”

“和时也吗？没有，连他的长相我都不清楚。”

“他在你面前抱怨过对外甥的不满吗？”

“好像没有，不过也没感觉他们的关系有多亲厚。我觉得他们只是靠着一点血缘关系，维持着彼此的联系，或许双方都在充分利用对方吧。我不是在说他们的坏话……那家店，还能开下去吗？”

她在担心粟岛古董店今后该何去何从。

“昨天夜里，与左卫门先生长期分居的夫人从冲绳赶了过来。我从别人那儿听说，他夫人想把店铺交给时也来打理，时也应该会被聘用为店长吧。”森下说道。

这个信息我也是第一次听到。

“这样啊，他夫人对古董没什么兴趣吧。不喜欢的话，肯定经营不好。况且她还住在冲绳呢。”

“我再问最后一个问题。”森下说道，“‘松成孜’这个名字你有印象吗？”

“从来没听说过。”

看来没有任何收获，我们算是白来一趟了。

“最后，请允许我再问一个问题。”火村说道，“案发前，有人听到左卫门先生暗自感叹‘抓到一个烫手山芋’。你觉得他是在说什么呢？”

“这我知道，多半……就是在说我吧。”

温田友里子笑靥如花，朝着犯罪学专家暗送秋波。

7

火村想见的第三号人物是鱼津正武。他与被害人相识多年，交情不浅，火村想听听他口中的左卫门是个什么样的人。我也想亲眼确认一下，就左卫门卖假货给他一事，他是否怀恨在心。

鱼津的古玩铺位于堂岛一带的商业大楼内。不过我们并没去那儿。因为今天丰中市内某个神社有古玩市场，他正在那儿摆摊做生意。今天是昭和之日[①]，天气晴朗，是个逛古玩市场的好日子。

我们将车停在附近，步行至古玩市场。

“哦，挺热闹的嘛。”森下兴奋地说。

五颜六色的刀旗随风飘扬，五十余家摊铺鳞次栉比。与我家附近的四天王寺古玩市场相比，这里规模还是小了一些，不过氛围相当不错。客人多半为中老年人，带着孩子一同前来的夫妇以及年轻的情侣也不占少数。

① 日本国民假期，时间为每年的 4 月 29 日。

“鱼正”支着凉棚，正在营业呢。我们找到他摊铺的刀旗，走了过去。森下刚想上前和他打招呼，鱼津说道：“如果是关于阿粟的事，你们等一下，我这儿正在谈生意呢。”

一名年近五十、戴着鸭舌帽的男人站在他身旁，两人正在讨价还价。

“五千日元太贵了，这个碗哪有那么值钱呀。说到底，这不就是你捡来的破玩意儿嘛。”客人随口说道。

这话就连我听着都觉得太过分了。

鱼津两手叉腰：“你要是觉得我捡了个垃圾还卖你五千日元，那就请回吧。这可是我从一个大户人家收来的，真是有眼无珠啊。”

“有眼无珠……我只是还个价，你居然侮辱我！”

“你可听好了，退一万步，即便这真是我在垃圾堆里捡来的垃圾，要把它修整得干净漂亮还是得费一番功夫的。这口磕，我可是花了大力气把它修补好的。口磕是什么呢？就是瓷器口边缘一毫米左右的缺口。首先要用漂白剂非常小心地把污渍给去了，接着在缺口部分涂上好几层瞬间黏合剂，然后用美工刀将多余的黏合剂去除，再用防水砂纸精心打磨才算完工。你看看，我把它修补得多么天衣无缝啊。”

“那不就是你的本职工作嘛！这么个垃圾，单手工费你给我算五千日元，太贵了吧。”

“你还说！垃圾！垃圾！你什么意思？”

我们刚想回避一下，忽然发现这两人的对话真有意思。

“垃圾就是垃圾啊。废物！废品！人家不要了，扔了的东西。”

“不要了以后扔掉的东西，你们称之为垃圾，但在我们看来，说不定会有别人需要用上它们。我们做这行的初心就是要找到需要它们的主人。看来你不是这个碗想遇见的下一任主人，我不会卖给你的。”

“垃圾这话……我是说得有点儿过分了。这样吧，我出五千日元，你把那个花瓶也送给我，行不行？”

“啥？这个？这花瓶标价三千日元呢。它可是我在南太平洋徒手潜水，从一艘沉船里捞起来的。”

“什么南太平洋的沉船，你骗谁啊！”

看来他们还得再交涉一阵子，我们打算在附近兜一圈再回来。正当我们要离开时，对面摊铺里一位白发男士向我们招了招手。这个男人脸被晒成了浅黑色，门牙少了一颗。

“我听到你们说‘阿粟的事’，你们几位……”他忽然压低了声音，“是警察吧？”

这个老头洞察力真敏锐。我们当中虽然有一位真警察，但三个人凑在一起，应该看不出是刑警才对。

“是的。”森下说着，从西装的内口袋里掏出带有警徽的工作证，给对方看了一眼。

“果然没错，辛苦你们了。希望你们早日将凶手绳之以法，让阿粟能够瞑目。”

“我们一定竭尽全力。”森下回答道。站在他身旁的火村正专心地注视着一具端坐在红毛毡上的貉子标本。

“鱼正”的摊铺上，前面摆放着陶瓷器，后面整齐地挂着各类字画。而这家摊铺则杂乱无章地堆放着杂七杂八的商品：有大喇叭留声机、通体漆黑的琵琶、栩栩如生可以吓哭婴儿的鬼瓦[①]、装在塑料袋里的古钱币、脸上被油性马克笔涂鸦过的俄罗斯套娃、画风血腥诡异的歌留多[②]、印度风格带框的宗教画；铁皮蒸汽火车模型、棕褐色搪瓷质地表盘非常漂亮却少了分针的挂钟等。我拿起一个造型奇葩的花瓶看了看，没想到老板跟我说，那是明治时期的尿壶。这摊铺真有意思。

“你这些东西都是去哪里进的货？”我问道。

“垃圾场……骗你的啦。进货渠道有很多，比如跳蚤市场、古玩市场的竞拍、整理别人的遗物和专业房屋拆除工，另外我还会去找一些老房子，上门回收废旧品，或者买下熟客拿来变卖的东西。还有其他路子，不过涉及商业机密不能告诉你。啊！那个戒指，那位先生要不要买来送给女朋友？我还会送你一个戒指盒哦。”

“不用，谢谢。”森下说着，把拿起来的戒指放回了原来的盒子里。

“这个戒指啊，其实是在那边那个俄卢斯套娃[③]里面发现的，所以

---

① “鬼瓦”是日本瓦房建筑中常见的一种装饰性瓦当，为了驱鬼辟邪，通常刻着一个鬼脸，因此而得名。

② “歌留多（カルタ）”，一种日本传统的纸牌游戏。

③ 俄罗斯套娃的日语是“マトリョーシカ”，这个词是从俄罗斯套娃的俄语音译过来的。此句话中，说话人把这个词的音发错了，念成了“マトローシカ”，因此有栖川以为他不擅长欧美文字的发音。

成本为零。这种事情也经常发生。”

我很想纠正他的发音，不过强忍住了，继续问道：

“在买进的商品里发现了意想不到的东西啊。这种事情，经常会碰到吗？”

“偶尔会。我曾经在自己收来的东西里发现过恐怖的信件，还有人的头发，着实吓了一跳。这些都还算好的，辗转了多人之手的古玩上面，有时会附着一些难以解释的东西。我听一位熟客说起过这样一件事：他在一家古玩店买了一个精美的装饰盘子，盘子上面画着一位金发美少女。但从那以后，他又是遇到意外，又是得病，坏事接二连三地发生在他身上。某天，他一边看着盘子一边心想，买下这个盘子以后坏事连连啊。没想到这时，他突然发现，盘子上画的少女面露凶相，和之前判若两人。他后来一本正经地跟我说，肯定是那东西来路不正。不过那人一点儿也没吸取到教训，现在还在搜集古董呢。”

“那个装饰盘子他后来怎么处理的？”

“听说他在一次教堂义卖会上卖掉了。”

我很想说，这不是害了别人嘛！但还是忍住了。

“你可别因为听了这话就害怕古玩古董哦。Don’t worry. 这种事情是极其罕见的。”看来这个男人并非不擅长欧美文字的发音。他又对着火村说：“这位帅气的刑警先生，您要是喜欢的话，把这个貉子标本买回去怎么样？”

穿着白外套的犯罪学专家搪塞道：“还是算了吧，我家没合适的地方摆放它。”我心想，他不会真的看上那东西了吧。

“俄罗斯套娃里发现的是戒指，那还算好。有时，古董里面还藏着蛊惑人心的魔物呢。”火村喃喃道。他说的魔物是指左卫门从抽屉暗格里发现的那份遗嘱吧。

和鱼津讨价还价的男人离开了。到头来，他好像什么也没买就那么回去了。

“唆！这家伙在我这儿‘小便’了。竟然把我的宝贝当垃圾！偶尔就是会遇见那么讨厌的人！”

落语[①]《旧货店》里，将客人只看不买的行为称作“小便”，没想到这个暗语沿用至今。

鱼津依旧闷闷不乐。

“不需要了就扔掉，扔掉了就变成了垃圾——这种想法，你们不觉得太幼稚了吗？‘及时扔掉家里闲置的东西’——现在这种‘断舍离’的书太流行了。可是这种思想也太贫瘠了吧。这和男人爱上了一个女人，玩腻之后又立马把她抛弃有什么区别？”

我感觉这最后一句话跳跃性太大了，还有些措辞不当。但“鱼正”慷慨激昂的样子根本没给我反驳的余地。他继续慷慨陈词：

“执着于已经没了用武之地的旧东西，无法放手，这种矛盾的心态才叫人性，才叫文化啊。人与每一样器物的相遇都是一种缘分，断舍

---

① 落语是日本的一种传统口才表演艺术形式，类似于中国的单口相声。

离居然提倡用理性去斩断人对物的爱恋与执着，真是野蛮至极。按照这种理论，我们每个人都得对自己的人生进行断舍离了。大自然不需要人类，不是吗？不需要你，不需要我，也不需要首相。”

这已经接近于胡说八道了。不过从他的言辞可以看出他对老物件的爱恋。

“不过，话又说回来，要是大家都死死抓住自己的东西不肯放手，那我们的生意也没法做了。”

“不好意思，我接一个电话。”森下说着，将手机贴在耳边，离开了凉棚。他大概是接到了什么紧急的任务。

看到鱼津结束了他对世界的慷慨陈词，火村询问起他与左卫门之间是否有过什么过节。

“高桥泥舟[①]的那幅字画确实被他狠狠地摆了一道。那赝品像真的一样，落款一点儿破绽也没有，真气人。但是，干这一行的，被骗了应该反省自己为什么被骗，而不是怀恨骗子。”

“这是行家的规矩吗？”

“对。不过，说到底这话也适用于外行人。有些人满脸认真地不停追问，这是真品吗，这个能升值吗？其实，这些都无关紧要，关键是你爱上了这件器物吗？你是想要，还是不想要，就这么简单。对这样的客人，我常说，你自己决定就好了。听到这话，客人又不高兴了。

① 日本武士，与山冈铁舟、胜海舟并称“幕末三舟”。

其实，有些货品连我们自己都不知道该定什么样的价位。这种时候，我便问客人，你愿意出多少钱？识货的人会立马给我一个合理的价格。趁机开低价的家伙，都不配称为一个合格的人！这种人，什么都是便宜的好，不要钱最好……”

老爷子继续阐述自己的人生哲学。

“不希望碰上赝品，方法只有一个——不断钻研，练就一双自己能百分之百放心的慧眼。”

鱼津说着，正好与我四目相对，我随口说道：

“尽可能多地去观察真货……对吗？”

“给你打六十分。正确答案是，自掏腰包，把东西买来。看到想要的东西，就把它买下。至于是不是好东西，买来放在身边，自然会知道的。要是买错了，再卖掉就好了。‘买’是非常重要的。我可不是在美化资本主义宣扬的消费主义，我想说的是，花钱买东西，这个行为可以使人成长。”

他刚才论述的是每样东西自身拥有的价值，现在说的却是所有东西的普遍价值。论述主旨确实有些混乱，但从中不难看出鱼津对器物的深厚情感。

“你对左卫门先生没有丝毫怨恨之意，这一点我已经了解了。”火村说道，“除了你以外，左卫门先生还和谁有过什么恩怨吗？”

“这倒是没听说过……不过，阿粟打心底里不喜欢他这份工作。这买卖看似随意，其中学问深得很。除此之外，为了进货得东奔西走，还得搬运沉重的货物，对体力要求也很高。阿粟没学到第一代当家的工作态度，一心想着这是个赚钱的行当，但继承父业之后，他的如意算盘落空了。第一代当家勤奋肯干，吃了不少苦头，我当时也从他那里学了不少东西。”

左卫门的父亲年轻的时候，在某个神社内的古玩市场——如同今天这样的集市上，看到人们交易佛像，大为惊奇。他由此对古董产生了兴趣。听说他是个一旦下定决心，便朝着目标不断努力的人。高中一毕业，他自己摸索着做起了古董生意。刚开始他只懂一点儿皮毛，吃了不少亏。有时上了当，买下了赝品；有时因为专业知识不足，把价值连城的古董以百分之一的价格卖掉了。不过三十出头，他便拥有了现在这家店，并收获了许多大客户。

“相比之下，他儿子就……”鱼津开始抱怨起左卫门的不是，“他关照外甥时也，这倒是好事，但也有点儿过了。我们的工作就是把东西交到懂得欣赏它的人手里，时也已经稍微体会到这份工作的乐趣了。可惜，按阿粟那种教法，他完全得不到成长。真希望能让他外公亲自培养他。”

“大家对时也的印象不错呀。”

“虽然他舅舅把他当作打工的，随意使唤，但他自己一直很努力地学习，我们几个同行对他评价都挺高。以前他常来古玩集市，我也会给他指导指导，告诉他荞麦面杯[①]不可以叠起来之类的。他也渐渐懂得

① 吃荞麦面时，用来蘸荞麦面酱汁的容器。

如何鉴别一些老绸缎、老面料了。他待客诚恳，这点也值得赞赏。不过他最近老是负责看店，都不来集市了。他太过热衷于网络销售，这点我无法赞同，这样没法儿与客人当面交谈，也没法儿看到客人买到心仪商品时满心欢喜的样子……但也可能是阿粟自己不想待在店里的缘故吧。”

“他不想待在店里是有什么原因吗？”

“阿粟倒也没有假装去集市而在外面瞎混，这点我可以为他澄清。”

案发当天下午，鱼津刚好去了粟岛古董店。我们向他问及当时的细节，他一边努力回忆，一边组织着语言。虽然他提供的大部分信息与时也所述一致，不过……

“时也说，他出店送鱼津先生离开的时候，目击到一个可疑的男子，你看见了吗？”

“没有。”

“什么人都没看到吗？”

“我只看到了买走烛台的客人，是一位身材娇小、气质优雅的女人。”

没想到“烛台”这个词在这里又出现了。

“展示在商店橱窗里的那个烛台卖出去了，是吗？就是在古董店主页上面也能看到的那个。”

“对，就是那个。那东西很少有人买，摆在店里差不多有十年了，简直就像是他们店的标志呢。”

据鱼津所说，那位客人是一位五十岁左右的女性。她在帝冢山建了新房，一直想给新房壁炉架上摆 个烛台类的东西，为此已经找了很久。她无意间经过粟岛古董店门口，一眼相中了烛台，激动地决定买下。那个烛台又大又重，所以她说：“打烊前我一定开车来取。我先付钱，你千万帮我留好，一定哦。”她过分的叮嘱让鱼津感到好奇。

“她不先付钱也没关系，又不是什么畅销的东西。不过话说回来，这烛台终于遇到了需要它的人，我都觉得挺高兴的，真是见证了感人的一幕。”

此时，森下回来了。他没有什么要问鱼津的，于是我们一起离开了神社。

8

森下接到的电话是茅野打来的。坐上车后他和我们说：

“我一直怀疑松成的不在场证明。刚才茅野前辈把从拉尔夫那儿刚打探到的消息告诉了我。茅野前辈说，松成的不在场证明非常完美。火村教授，您能把它推翻吗？”

他这个要求也太难为火村了吧。

“没有证据可以证明松成是犯人吧？”火村瘫坐在车座上说道，“先撇开他的不在场证明不说，假设他是凶手的话，有很多没法解释的疑点。”

“比如说……”

“假设因为遗嘱一事，他们发生了争执，松成一气之下将左卫门打死，那他肯定想把遗书拿走。但是，现场却并没有翻箱倒柜的痕迹。这是因为凶手行凶以后，出于害怕，立刻夺门而逃了吗？这也说不通，因为凶手事后还将尸体搬到了里间，藏进了壁橱里。”

我们坐在车里，开起了临时的专案组会议。

“会不会是因为屋子里东西太多了，导致松成放弃了寻找遗嘱？”

“可是凶手并没有做任何尝试，碰都没碰保险柜。凶手藏尸体的时候，肯定看到了保险柜，这种时候，多半会抱着侥幸心理，尝试着拉一拉保险柜门的把手，可凶手完全没这么做。”

“嗯——确实疑点重重啊。教授，您觉得温田才是可疑人物吗？凶手是用钝器反复击打死者，作为女人来说，这作案手法也太残忍了。不过，如果说是因爱生恨，倒也说得过去。但是她的不在场证明比松成还完备。”

“我并不认为她是可疑人物。”

“那些便宜的戒指提升了我们对她的好感度呢。她似乎并没有拿着男人的钱大肆挥霍……”

“我并不这么认为。说不定她把从男人那儿弄到的钱都存了起来，满心欢喜地盯着存折上不断增长的数字呢。”

“啊——确实也有这种人。”

“他俩完美的不在场证明都是来源于那个监控视频。那个人真的是左卫门吗？”我插嘴道。

“嗯……”森下说道，“服装、形态和走路的姿势全都一模一样，那不可能只是一个特别像左卫门的路人。有栖川先生，你觉得那是谁故意装扮的吗？”

“因为戴着针织帽和口罩，我们几乎没法辨别此人的脸。体形中等、不胖不瘦，他可以是松成，也可以是温田。温田虽然是女人，但身高不矮，弯腰弓背的样子也是很好模仿的。”

“如果按你所说的，真的是松成或温田把自己打扮成左卫门的样子，在那个时间，跑到监控摄像头下徘徊了一圈，那谜团就越来越多了呢。”火村说道。森下听了忍俊不禁。

“我可没说一定是松成或者温田装扮的。我的意思是，谁都可能装扮成那样。从体形来看，粟岛时也也并非毫无可能。”

“那个人倒是没有不在场证明。但他打扮成那样的目的又是什么呢？”

森下的这个问题，让我哑口无言。或许视频中的人就是左卫门本人吧。

“视频中的那个人，到底去了哪儿？我们去一探究竟吧。”火村提议道。

森下听后，启动了引擎，边开车边说：

“不当班的时候，我想去古董市场转转。古董、旧货什么的还挺有意思的。有栖川先生，刚才听你说了鱼正老爷子的那番话，我忽然对它们有了兴趣。”

“是他的哪句话触动了你吗？”我问道。

“我理解得也不是很透彻……不过，听了他那番话，我感到人与物的相遇也是命运的安排吧。还有‘问客人，你愿意出多少钱’这部分，也让我感触颇深，没想到古玩生意是一份古玩商和理想的客人一起创造价值的工作。一直以来，我都认为商品的价格只是成本和利润的相加。”

连身为阿玛尼忠实粉丝的刑警先生也对古玩着魔了吗？说实话，我自己也想着下次去四天王寺的古董市场转一转。不过，今天的收获可不能只有我和森下迷上了古董而已。

我们将车停在了粟岛古董店附近的收费停车场，一同步行前去监控摄像头所在的位置。经过粟岛古董店时，看到它大门紧闭，上面贴着“暂停营业”的告示。

“监控中拍到的人影经过这里以后，很快从画面中消失了，一分四十四秒后，又重新出现在画面里。这么短的时间里，他能做什么呢？”我祈祷着此行能有令人震惊的大发现。

监控视频中的人步履匆匆，我们三人也按照他的步调，朝着商业街的方向快步走去。烟草商铺……私人住宅……空荡荡的店铺……报刊亭……私人住宅……托儿所。时间已过六点，托儿所的小院子里已没了孩子们的身影。

森下看着手表，计算着时间。五十二秒后，他停下脚步，喊了一句“停”。此时我们所在的位置距离拱形顶棚的商业街还有十五米左右，道路两旁一边是一家小小的理发店，另一边则是居民住宅。

“途中确实有几家店铺，但商业街关门较早，这些店肯定也在九点前都打烊了。一路上也没看到自动售卖机或邮筒。”森下朝我们来的方向看去，“真想不通呢。”

我们重新返回到装有监控的十字路口，一路上还是没有任何发现。

“难道是他注意到忘了东西，返回店里去拿？后来没再被监控拍到，是因为他回到店里后被人杀害了吧。”

“有栖川先生，你这个假设说不定成立哦。”森下附和道。

火村站在我们身旁，用食指划着嘴唇。过了一会儿，他开口道：“森下先生，你接下来有时间吗？”

“有啊，现在回总部还太早了。火村教授、有栖川先生，你们今天不参加刑侦工作会议吧？”

其实我想参加，不过我和火村手头上都有一些工作，必须今天回去处理。时值黄金周却不能休息，老天真是不公平。

“您想去什么地方吗？我可以开车送您。”

“我们一起去商业街看看吧。”

如果监控里的那个身影确实是左卫门，他因为忘了东西而返回店里，那么他本来打算去什么地方呢？火村想去商业街对此一探究竟吧。然而，当我们进入有着浅粉色拱形顶棚的商业街后，没走多久，火村就在一家店门口停了下来，说道：“要不就这里吧。”只见这家店铺的门帘上写着“达摩食堂”。

“随便吃点儿什么东西吧，我有点儿饿了。”

拜托，你一开始就说清楚好吗？！

虽然这家伙来商业街的目的和我预想的完全不一样，不过，由于走来走去，三个人确实都饿了，橱窗里的天妇罗荞麦面套餐看上去很美味，于是我们掀起门帘走进了店里。

“咦！”

森下一进店，就喊了山来。顺着他的视线，我看到时也正和一位中年妇女面对面坐着，吃着海鲜盖浇饭。我们找了一张空着的四人桌，和他们隔开一张桌子坐了下来。森下告诉我们，坐在时也对面的是左卫门的妻子——亚弥子。她身材瘦小，面相和善。据说，她不敢睡在发现老公尸体的那个房间，所以住在了位于新大阪车站附近的商务酒店里。

在我们中间的桌子，是一对夫妻正在就餐。他们一走，亚弥子便向森下打招呼：

“真巧啊，居然在这里碰上你。我正和时也商量守夜、葬礼的安排，还有店铺今后该怎么处理……我老公的案子，拜托了。”

她压低了声音，生怕被别人听见。森下也同样压低声音说道：“我们会全力以赴的。”

“那个……有进展了吗？”亚弥子试探地问了一句。

“肯定不会像电视里演的那样，进展那么顺利啦。有了新的进展警方会告诉我们的。”时也说道。

“嗯……”

这时，又有三个男人坐到了我们中间的那张桌子旁，大声地交谈起来。现在这个点作为晚餐时间来说还很早，这家餐馆真是生意兴隆啊。

我观察着亚弥子和时也，他们静静地动着筷子。我隐约能听见他们的谈话。

“需要一个会开车的临时工……”

“你可以招一个。”

看来他们在继续商量古董店的事。中间桌的三个男人太吵，把他们的说话声音都给淹没了。

“火村教授，到目前为止您有什么想法，能说来听听吗？”森下说道。

火村向来不喜欢和别人分享他的推理过程，这次他的嘴巴也是特别紧。

“我感觉脑子里就像蒙了一层纱一样，怎么也想不清楚。不管假设凶手是谁，都有说不通的地方。”

“比如说什么地方？”

“比如说，为什么一定要藏在壁橱里？这应该相当费劲。”

火村说话时特地省去了“凶手”“尸体”等字眼。我也学着他的样子，说道：

“会不会是因为完事之后，那家伙还必须在店里待一会儿？在这期间，他不愿看见那个，所以藏在了壁橱里。”

“如果只是不愿看到，也没必要特地藏在壁橱里啊，只需放在里面那间房不就得了。”

即便压低了声音，我们谈话的内容也极有可能被亚弥子和时也听了去。正好天妇罗荞麦面套餐端了上来，我们暂停了对凶案的讨论。

“味道比看上去还要好！这个天妇罗炸得真是绝了！”森下脱口而出。

犯罪学专家和推理小说家都表示赞同。

“今天，只有选吃饭地点时，你头脑是清醒的。”我夸赞道。

“别这么着急下结论，今天还没过完呢。”火村表情凝重。他咬了一口炸虾。

我们三人不再说话，专心吃了起来。亚弥子与时也的说话声又渐渐传了过来。

“不好意思。能给我一杯凉水吗？”亚弥子招呼店员。

“啊！谢谢。”

用餐过后，亚弥子将直接返回酒店，而时也则打算回一趟古董店，似乎还有工作需要他处理。

“你要当心身体啊，接下来的日子会更辛苦呢。”

“知道了，舅妈，你也要注意休息。”

两人离开座位时，朝我们微微地鞠了一躬。

“遗体告别仪式结束后，夫人将返回冲绳。要是能在她停留的这段时间内把案子破了就好了。”森下干劲十足，鞭策着自己。

而火村呢？

亚弥子两人刚离开餐馆，他猛地站了起来，嘴里说了一句“不好意思”，从旁边的桌子旁走了过去。

“怎么了？”

火村无视了我的提问。他从亚弥子两人用过餐的桌子上捏起来一些东西，拿了过来。我定睛一看，原来是一些已经空了的药品包装袋，一共三个，种类各异。

“阿普唑仑片。这个我知道，是抗焦虑药物。另外两种似乎也有相同的药效。你可以帮忙调查一下吗？”火村说道。

“明白了。”森下说完，用手帕将它们包了起来。

亚弥子之所以让服务员端来凉水，是因为她知道时也需要服药。而时也之所以说“谢谢”，是因为亚弥子帮他要了凉水。火村听见他俩的这番对话后，便一直盘算着如何拿到药品的包装。

“他目击了那么血腥的场景，店铺经营的重担也突然落在了他身上，当然需要抗焦虑药物啦。”

“或许是因为这些吧。但是……”火村用手指划着嘴唇，“这个药不是市面上可以随意买到的，需要医生的处方。这段时间，他哪有机会去医院？”

我刚想追问，副教授已经陷入沉思。片刻之后，火村挠了挠他那开始有些少年白的头发，对森下说道：“我需要你帮我找一样东西。你们警方应该很快能找到。”

“好，好的。找什么？”

森下将火村的吩咐写在笔记本上。我在一旁听着，隐隐约约地明白了火村脑中构思的推理。

9

森下提出开车送我们回家，我们谢绝了他的好意。我和火村步行至附近的车站。以往这种时候，我总是缠着他，求他告诉我他的发现。而今天我一言不发，在脑子里整理着各种线索。车站很快出现在了我们的眼前。

我对火村说道："我在附近逛一逛再回去。"

火村应了一声"好的"，便快步穿过了人行横道。我目送着他渐行渐远，然后朝车站相反的方向走去。

粟岛古董店的卷帘门和店铺门都半开着，里面透出些许光亮。看来我来得正是时候。

我弯下腰，说了声"晚上好"，里面的人应了一声。我钻过卷帘门，只见时也正坐在柜台后面，看着电脑。他介绍说正在确认网络店铺的销售情况。

"又见面了……有栖川先生您一个人呀。有什么事吗？"

我并没有想好要怎么开口，只是被一种莫名的冲动驱使，稀里糊涂地来到了这里。我同时也莫名地担心，我的行为会不会给火村以及警察造成麻烦。

“刑警先生还有火村教授已经回去了。我刚好路过这里，看到你家店门半开着，就顺便……”

“我正在加班。店门半开是因为我有些害怕，一想到舅舅是在这里被杀害的，就心里发毛。”

店铺里的商品在日光灯的照射下呈现出和白天截然不同的样子。万籁俱寂。竖起耳朵似乎能听见它们在喃喃低语。

“越看越觉得，这家店真不错呀。”

时也看上去不太高兴，似乎听出我在故意奉承。

“有吗？亚弥子舅妈看到店里的商品，说‘这家店档次下降了，快要对不起古董店这块招牌了。这个样子只能勉强算是一家旧货铺’。我在一旁听着，可是无言以对呢。”

“时也，你也对店里的商品不满意吗？”

“是啊，每件商品都缺了些‘景观’，店铺整体的‘景观’也越来越寒酸了。”

在古董行业里面居然还有“景观”这样的用法。

“是不是因为左卫门先生对这家店不上心？”

“嗯，差不多吧。舅舅已经死了，我也不想诋毁他……”

“这家店今后由你负责了，你会改善这里的‘景观’吧。”

“一直以来，我都只是个给舅舅帮忙的临时工而已，经验不足，肯定没法一下子把这里变好。不过，任重道远，我会认真学习，慢慢来改变。”

时也盯着电脑，操作起鼠标来。他这样子似乎在说，如果你是来闲聊的，那请回吧。

“原本展示在橱窗里的那个烛台很漂亮啊，虽然我只在你们店铺的网站上看到过。”

听到“烛台”这个词，时也迟疑了一下，操作鼠标的手停了下来。

这么说也许太直接了，但我的嘴巴已不听我的使唤：“左卫门先生和你说过，将来会把这家店交给你吗？”

时也否认了。他的眼神透露着一丝敌意。

“你想说，我为了把这家店占为己有，而杀死了舅舅吗？如果你是这么想的，那也太荒谬了。这家店并不是特别值钱，我何必为了它杀掉照顾我的亲人呢？我对在舅舅手下工作并没有任何不满。”

听上去他没有撒谎，在这里工作对他来说的确是一种幸福吧。这也意味着……

“如果你舅舅要将这家店关门歇业，你一定非常难过吧？你一定会恳求他不要这么做，不顾一切地阻止他吧？”

“你说的是一种假设吗？嗯……我也不清楚我会怎么做。”

时也显得更加生气了。我的话似乎戳到了他的痛处。

他或许是真心迷上了古玩吧。邪恶的“魔物”附身于他……一时鬼迷心窍，意外便突然而至。

“你……”

我刚开口，有人将卷帘门抬起了一段，走了进来。回头一看，火村出现在我面前。

“我就猜到是这么回事。你居然想要捷足先登，真是难得呀，有栖。”

火村二话不说，哗啦一声拉下了卷帘门。时也脸色有些难看，却并没有制止火村，只是话里带刺地嘟哝了一句：“今天客人真是络绎不绝啊。在往常，现在已经是打烊的时间了。”

“你似乎比左卫门先生更看重这家店呢。他要是干蠢事，你准会想方设法保住这里吧？”

显然，火村听见了我俩刚才的谈话。

“蠢事？这可是我舅舅的店，他要怎么做，轮不到我插嘴。”

“论道理确实如此。可是，论情感却是另一回事了。你试图保住这家店，对吗？”

时也合上电脑，直视着火村的眼睛。

“无论是关于我对这家店抱有的情感，还是关于围绕这家店我和舅舅发生的争执，这些都是你的妄自揣测。你亲眼见到了吗？亲耳所闻了吗？所以，您怀疑是我杀害了舅舅？”

“没错。”

话说到这份上，火村已经没了退路。同时，时也也没了退路。

“既然你这么说了，我只能问个明白了。你为什么觉得我是凶手？”

犯罪学专家斜了我一眼，说道：

“变成这样，都怪你。今晚我们各自的工作都要完不成了。”

对不起！原谅我！

“时也先生，如果你是凶手，所有的疑点就都能迎刃而解了。”

“你的意思是，如果我是凶手，所有的问题都能自圆其说？对于推理电视剧迷的我来说，这种台词真是太烂了。推理剧里一旦出现这种台词，绝对是一部烂剧。好的电视剧，主人公绝对不会说这种话。推理小说也是一样吧。有栖川先生，你说呢？”

一时之间，我竟无言以对。一直以来，我都有意识地避免使用这句话。不过，我无法保证自己的作品中从未出现过此类台词。

“别急，你听我说。”火村安抚道。

“凶手行凶之后，不谋钱财，看到了保险柜，却连碰都没碰一下。显然凶手的目的并不是金钱。警方查到有两个人与被害人之间产生过纠纷，而这两个人已被证实，案发时他们在别处。但是，你没有不在场证明。”火村接着说道。

“推翻那两个人的不在场证明才是你们刑警、侦探的工作吧。这家伙没有不在场证明，所以这家伙就是凶手？这也太滑稽了吧。”

“我现在说的不是电视剧，我说的是你舅舅的命案。案发现场有多处擦拭过指纹的痕迹，这是你伪造了现场吧。你是这里的店员，不管在哪儿找到你的指纹都没有任何问题。但是，如果案发现场并没有凶手擦拭指纹的痕迹，那么作为店员，你将成为最大的嫌疑人。所以，你把某些地方的指纹用手帕或者毛巾擦掉了吧。”

“凶手是别人，也会擦去指纹的。你刚才那番话毫无意义，没法自圆其说。”

“监控摄像里拍到的人影，那就是你。那个人身形与你极其相似，并且左卫门先生的小动作、走路的姿势，都是你所熟知的，你要模仿他简直易如反掌。”

时也对此嗤之以鼻：

“你真是大学教授吗？说出来的话怎么像是幼儿园小孩子的胡言乱语。按照你的说法，与舅舅身形相似并且见过他的人不得都成了嫌疑人？”

火村并不说话，沉默了一会儿。时也露出了疑惑的神色。这时，火村说道：

“咦？我在等你继续追问呢。你怎么不说话了？你怎么不问‘如果我是凶手，我为什么要扮成舅舅的样子呢？’关于这个问题，我把答案都准备好了。”

火村盯着时也，同时伸出他的左手指向了我，似乎在说：轮到你登场了。

“时也先生，你之所以扮成左卫门先生，是为了出现在监控画面里，为了证明左卫门先生在那个时间点还活着。换句话说，你的目的是让大家误判左卫门先生的实际死亡时间，为了让这个时间看上去更晚一些。”

火村放下左手，说道：“我也是这么想的。”

我的推理果真没错。时也沉默不语。此时他本应该继续质疑我们：“我本来就没有不在场证明，把作案时间伪造得迟一些有什么意义吗？”当然，火村还有我都已经准备好了答案。他不问是因为害怕被我们说中真相。

“监控拍到形似左卫门先生的身影，时间是在晚上九点零五分至零七分之间。如果你有这个时间之后的不在场证明，那你伪造作案时间的目的显而易见。然而，案发当晚你的不在场证明并不充分。你乔装打扮成左卫门，并不是为了自己的不在场证明。你出于别的理由伪造了作案时间，这种情况还真不多见。”

时也呆呆地听着，脸色苍白。

“那个身影从监控下走过去再返回，用时一分四十四秒。这么短的时间他能做什么呢？现在这个疑问已经消失了，因为他的目的只是被监控拍到而已。如果监控拍到的人物不是左卫门，那么他是什么时候被杀的呢？我认为是在六点至七点之间。也就是说，是在这家店打烊之前。为什么呢？因为如此一来，凶手就能自圆其说了。”火村挑衅地说道。他把右手放在了柜台上，拉近了距离与时也对视着。

“现场找不到凶器。是凶手害怕被查到而把它拿走的吗？不是。真相是凶手把它卖掉了。对不对？”

时也沉默不语。

火村直起撑在柜台的上半身，一步步走近橱窗。

“作案时间是在六点至七点之间。当时，柜台上摆放着一只厚重结实的烛台——十多年来，一直陈列在那儿。鱼津过来做客时，一位女客人忽然到访，把它买下并付了钱，让你留好。女客人和你说好当天来取，所以你正擦拭着上面的灰尘，做交货的准备。这时，左卫门先生从里间走了出来，和你发生了争吵。烛台在你手边，这对你们二人来说都是一个不幸。你一时激动，举起烛台，朝左卫门的脑门重重地敲了过去。我想你并非故意要杀死他，这一切归根结底只是你一时冲动所为。当时，你愤怒的叫喊声以及左卫门摔倒在地的声音都被店铺厚重的大门给挡住了，所以外面并没有人听见。”

火村将右手拇指挂在休闲西裤的口袋里，一边注视着时也的反应，一边在并不宽敞的店里慢慢地走来走去。

“我来把我自圆其说的结论一一给你罗列一下。案发现场为什么找不到凶器？凶手为什么要把作案时间伪造得迟一些？为什么对着左卫门先生的脑门进行反复的击打？只有一个假设能说明以上这些情况。凶手为了不让警察知道凶器就是烛台，为了把烛台顺利交到客人手上。凶手四次击打受害人同一部位。这是为了破坏伤口的形状，从而让警方难以判别凶器的形状。这简直就是一部由你自编自导自演的电视剧啊。我真想给它起个名字，叫《古董商的骄傲与满足》。”

时也的额头上冒出了汗珠。火村在人体模型前停下了脚步。

“我最初一直有一个疑问——凶手为什么要把尸体藏在壁橱里？凶

手既没有让尸体横躺在店里，也没有搬出去处理掉。这种半吊子的处理方式让人感觉凶手只是想让尸体被发现的时间稍微推迟一些而已。这个‘稍微推迟一些’的目的，我一直没想明白。然而，如果考虑到凶器就是烛台，凶手无论如何都要将这只烛台送到客人手里，那答案就显而易见了。凶手的目的就是不让警察注意到，凶器就是当天傍晚还陈列在橱窗里的烛台。如果警察发现了这个秘密，烛台作为物证，将被警方收缴。这么一来，那位因买到烛台而万分高兴的客人将失望不已。虽然案件审理结束后，东西会物归原主，但又有谁愿意把一件杀人凶器放在身边呢？所以，你用左卫门的衣服、帽子和口罩乔装打扮后，故意让监控拍到，想让大家误以为，凶案是在客人拿走烛台之后发生的，那个烛台和案件没有任何关系。”

客人则在毫不知情的情况下，将已成为杀人凶器的烛台装饰在家中，钟爱有加。对于这些，如果时也没有丝毫愧疚之心，那火村设想的这部电视剧的名称应该改为《古董商扭曲的骄傲与满足》。

“你将尸体藏在壁橱里。作为店员，你自然而然成为第一个发现尸体的人。一大早来店里上班，发现了尸体？这可不行！这么一来，你得立马报警。那法医对死亡时间预测的精准度将大大提高。你可不想法医判定的死亡时间为前一天的下午五点至晚上八点，那你千方百计捏造的九点零七分死者还活着的证据将没有任何意义。为了这些，你稍微推迟了尸体被发现的时间，以此降低了死亡时间判定的精准度。”

时也大口大口地喘着粗气，表情痛苦。

"'从头到尾都只是你的自圆其说'——你要这么说，我也没法反驳。监控里的人影不可能是别人，只能是你。可惜画面的像素太低了，对此我无法进行客观证明。门庭冷落的商业街里安装的老式监控能拍出什么样的画面，这些都是你事先预判好的。"

火村堂堂正正地承认自己只是在自圆其说。

"也许这都是我的一派胡言，也许从头到尾我都是错的。如果真是那样，我向你道歉。"火村竖起拇指，指向后方，"不仅道歉，作为失败的纪念，我将买下这具迷人的人体模型。要证明我的推理是否成立并不难。我们只需要找到在帝冢山一带建新房并于案发当天在粟岛古董店买了烛台的人，鉴定一下烛台上是否有被擦去的血迹便可。不管你如何细心地擦拭，用鲁米诺试剂，血迹一定会显现出来。"

这可是铁证如山。一旦确定了烛台是凶器，这世上只有两个人能是杀害左卫门的凶手——时也或者购买了烛台的女客人。即便那位女客人是左卫门的旧识，并且有杀人动机，凶手也不可能是她。一来她身材娇小，没法乔装打扮成左卫门的样子；二来她也没必要冒那么大的风险做那么麻烦的事情。

"或许你期待着那种完美的逻辑推理剧情。例如，从案发现场的状况进行综合判断，推断出凶手的惯用手之后，帅气地对凶手说，你是左撇子，所以你就是凶手。很遗憾，现实并非你所期待的那样。现阶段我所说的一切只不过是我的'自圆其说'。'你是左撇子，所以你就是凶手'——如果是这种类型的推理，说不准你还能花言巧语糊弄一番。可是现在，如果你真是凶手，那么关于这个案件你已没了翻盘的机会。因为我的‘自圆其说’捆绑着一个不可动摇的铁证。只要调查一下凶器，一切便真相大白。”

时也的样子有些奇怪，似乎身体很不舒服。但由于光线的缘故，火村好像并没有注意到这一点。

“作为‘自圆其说’的最后总结，我再追加一点。刚才说到了你把尸体藏进壁橱的理由，但还有一点，我有些想不通。你是凶手，如果你只是为了不让警方注意到烛台的存在，那将尸体搬离古董店才是上策啊。可以运到山里、沉到河底。即便不那么做，你只需把尸体藏在较隐蔽的地方数日，便可将警方的视线转移到店铺之外。尸体是在壁橱里发现的，于是警方立马锁定了这里就是案发现场。你为什么不将尸体搬得远远的呢？你应该知道店里的面包车就停在这附近的停车场里。”

时也将手放在了喉咙上，他的肩膀微微地上下抖动着。火村低着头，并没注意到他的变化。

“我听说，最近你一直待在店里，不怎么外出。我还以为，这是因为左卫门先生一心想去外面转悠。真正的原因也许恰恰相反——因为你没法出门，所以外出跑古董市场的任务落在了左卫门先生的身上。”

火村抬起头，而时也垂下了头，用两只手肘支撑在柜台上。

“刚才晚饭过后，你服用了药物。这其中有一种叫阿普唑仑片，是抗焦虑药。案发前，你也一直在服用医生给你开的处方药。你……”

“时也先生，你没事吧。”

我看不下去了，朝着时也说道。话音刚落，火村快速跑近柜台。他一向冷静，现在却慌作一团。难道时也偷偷地服下了毒药吗？我吓得杵在原地，动弹不得。

“放松，一点点放慢呼吸。”

火村摊开手掌罩住时也的嘴巴。看来他已经清楚发生了什么状况。

“我并非故意刺激你。我没料到会这样，真应该留心观察才是。”

时也呼哧呼哧地喘着粗气，泪水从他的眼角涌出，顺着脸颊滑落下来。他是因为呼吸困难感觉到恐惧难耐，还是因为悲痛悔恨而流泪呢？

“火村！叫救护车！”

时也摇了摇头。

“不需要。”火村阻止了我，“多半是惊恐障碍导致的呼吸急促，过一会儿就会好的。估计他已经发病有一段时间了。”

时也为什么没能把尸体从店里搬走？为什么从某个时间起，他就一直躲在店里不出门了？我现在终于明白了。

我听别人说过，惊恐障碍并不是一种罕见的病，发作时间不可预期，症状也因人而异。以前，有一个朋友患了这种病，所以我知道其中一种病因——害怕坐车。

一只鸽子扑棱棱地从我头顶掠过，向五重塔的塔尖飞去。五月的天空一碧如洗。

今天是五月二十二日，距离案件发生已经过去将近一个月。为纪念圣德太子的忌日，每月的二十二日，四天王寺都会举办太子会，同时寺庙内还会开设古玩集市。

我对古玩没有兴趣，一直以来都对这个活动漠不关心。我只参加秋天的大型旧书节。那时，我会背上旅行包去现场大肆采购。平常散步，偶尔路过古玩市场，我总是不屑一顾，并告诫自己不要在无用的东西上浪费金钱。然而……

这次，我特地过来看看有什么有趣的东西。正当我在众多摊铺间来回转悠时，“鱼正”摊铺的刀旗引起了我的注意。

“啊，是你呀。”

他还记得我。

“你好。我就住在这附近，所以过来转转。”

“原来是这样呀。”

“鱼正”的摊铺刚好没有客人，于是我和他站着闲聊起来。可能不是第一次见面的缘故吧，他的语气就像是在和关系亲密的朋友聊天。

“时也的事，真是让我难以接受呀。”

他深深地叹了口气。他一直特别关照时也，所以格外震惊吧。

“听说，阿粟迷上了一个女人，在对方身上花了很多钱，甚至打算把店铺卖掉，是这样吗？那他真是太胡来了。我要是时也，准会揪住他的衣领狠狠地教训他一顿。况且他还说，对这卖破烂儿的生意已经厌倦了，真想给他一拳。我真不愿相信，阿粟居然抱着这样的心态在做这行。他这话应该是言不由衷吧。”他惋惜地说道。

“我看了周刊，里面说阿粟从买来的书桌里发现了某样东西，想以高昂的价格让卖主买回去？怎么可以做这种事情！做不得！没想到他居然沦落到了这个地步。”鱼津接着说道。

他应该对左卫门失望至极吧。左卫门自身是否也对做出那样行为的自己而感到厌恶呢？

“抓到一个烫手山芋”。

左卫门确实在他外甥面前说了这句话。他这句话的真正意思，时也到最后也不得而知。不过我想，他说的“烫手山芋”或许不是温田友里子，而是书桌暗格里发现的遗嘱吧。正因为发现了这样东西，他才会利欲熏心，做出违背良心的事来。也许他对这样的自己感到厌恶，甚至怀恨起古玩，觉得一切都是“古玩之魔”在作祟。

“时也真是个大笨蛋。如果他是我的外甥该多好啊，我可以好好教导他……他或许会向我抱怨，‘你这店名听上去像卖鱼的，我才不要呢’！”

鱼正抬起头仰望天空。一只鸽子的影子，在他脸上划过。

我被货架角落处的一样东西深深吸引住了。那是一只深蓝色的带脚切子[①]玻璃杯，花纹设计非常精美。

“你也卖玻璃制品呀。”

---

① 切子为日本传统的玻璃雕刻工艺，一般分为江户切子和萨摩切子。

“当然啦。这个是大阪切子。不光是萨摩和江户，大阪也出上好的切子呢。”

“我能拿在手里看看吗？”

玻璃杯拿在手里感觉清凉舒适，我看了看标价——五千日元。外侧有一些瑕疵，要不然不止这个价格吧。

“喜欢吗？喜欢的话，拿去吧，不要钱。这个不只是装饰品，还可以拿来用的。”

“谢谢您的好意。”我拿出钱包，“东西非常好，我五千日元买了。”

鱼津低下头：“多谢，那我就不客气了。”

『烛火堂』的飞来横祸

昨天，雨一直下到傍晚。今天倒是个好天气，但寒风刺骨。十二月的天气就是这般吧。不过，感觉京都还是比大阪更冷一些。

我——有栖川有栖正漫步于白川大道上，朝一位老朋友的住处走去。我的那位朋友从大学时代起一直寄宿在那儿。现在他已成了母校的副教授，却仍然没有搬走，并成了那儿唯一的房客。

我此行的目的并不是去探望这位老友——火村英生。我正在创作一部以京都为舞台的小说，这次来主要是为了小说的取景，顺道也去看看房东婆婆。今天是十二月一日，是房东婆婆筱宫时绘七十几岁的生日，我给她准备了一份小礼物。从学生时代起，每逢拜访火村，我都受到她老人家不少照顾。

忽然，右手边小路上的一个招牌映入了我的眼帘，上面写着“旧书”二字。这里居然有一家旧书店？不对啊！如果以前就有，作为书虫，我肯定不会不知道的。这一定是最近开张的吧。北白川老街正在一点点地发生变化。不知不觉间，火村住处附近的町屋[1]已经被改造成了旅馆。

---

① 日本传统的连体式建筑，居民住宅的一种。通常临街建造，商住一体，相当于中国城市里常见的店铺住宅。具体房屋结构各地区略有不同，这里特指京都的传统住宅。

“进去瞧一瞧吧。”我心想着，朝书店的方向走去。在京都，有不少旧书店里面尽是一些佛教书籍或是从学生那里收来的旧教科书。因此，对这家店我并没有抱太大的期望。这附近只有一家小小的日式糕点店，人流稀少，十分冷清。

果然不出我的意料，走近一瞧，招牌还是新的。一块砧板大小的木板上，用毛笔书写着“旧书”两个大字，在那下面则是店铺的名称——烛火堂。

烛火霜天夜读书的秋季已过，冬季已至。夜晚越来越长，如果能从年末的繁忙中抽身而出，现在倒也是个读书欲望高涨的季节。既然取了这么个风雅的名字，看来店内应该有不少宝贝吧。

店铺横宽大约不到四米，入口处嵌着玻璃的移门上挂着一块门牌，上面写着“半井”。走进店内的瞬间，我内心感觉，里面应该坐着个油盐不进的老爷子正盯着进来的客人——不过，这也是逛旧书店的一大乐子。我踏入了店内。

两侧的墙壁是顶天立地的书架，正中央也有一排书架，柜台则在最里面——真是非常典型的旧书店布局。书架上装了两面镜子以便柜台内侧的店主能观察到书店的每个角落。收银台前站着一个驼背的男人，他正和柜台内侧的人说着话。移门发出了声响，两人同时看向了我。

驼背的男人大概三十五岁以上，戴着眼镜，蓄着胡子，看上去既像艺术家，又像文科类的学者。坐在收银台前的并不是一个顽固不化的老爷子，而是一位年纪轻轻的女孩，看上去像是大学生，笔直的长发扎在脑后。女孩与我四目相对，她朝我微微鞠躬，说道：“欢迎光临。”

我朝她点头示意，然后将目光移向了书架。两人见状又继续着他们的对话。“嗯……那副模样啊。”“是啊。”看来这两人一个是常客，一个是在这里打工的店员。

这家店里都有些什么书呢？我快速扫视了一遍书架，发现大多是哲学、历史类书籍，不过也掺杂着一些我感兴趣的书。比如国书刊行会[①]出版的吸血鬼系列丛书、怪诞奇幻文学类旧杂志等。另外还有京都常见的地方史研究、荒诞离奇的民俗学，以及美艳的画册、绝版的小众科幻小说。虽然没找到我的本行——悬疑推理类书籍，但这家书店还是挺有意思的。

“真让人担心啊。至少早点儿恢复到能说话的程度也好呀。”

“是啊。刚才医院打来电话，说到目前为止他只能微微睁开一点儿眼睛。”

那两人的对话自然而然地飘进了我的耳朵。我从他们的对话得知，店长不知道是因为生病还是出了意外，住院了。这个女孩不是在这儿打工的店员，而是来帮忙看店的店主家属。似乎并不是店长的女儿，大概是侄女吧。

---

① 国书刊行会，日本的一家出版公司。

在这种旧书店，看店并非易事。光是卖书的话，倒还简单，但要是有人拿着比较专业的书过来要求收购，让她报价的话，她肯定没法处理吧。这种时候也只能请客人等店长回来以后再来一趟了。

“这么一来，冬美，在半井先生回来之前，你是不是每天都得来店里？”

“就到后天为止。有位客人可能会来拿他要的书。”

“半井先生放在那边的两本书是吗？客人的联系方式……半井先生肯定没有问吧。如果知道联系方式，你给对方打个电话，让他赶紧过来把书取走就完事了。”

“是呀。松冈先生您也知道的，他搞得比较复杂。”

客人只是来取走留好的书而已，这能有什么复杂的？真搞不懂。我一边听着他们的对话，一边仔细浏览着书架。书架上的书籍并未按内容分门别类进行整理，顶多只是将一整套全集或者丛书归在了一起而已，体裁混杂，显得有些杂乱无章。对于前来淘书的客人，这种摆放方式显然不是很友好，但却有了寻找宝贝的乐趣。不知道老板是不是故意这么摆放的，我倒是觉得这样的书架也挺不错。每本书都保存得很好，看来老板对书籍爱护有加，店里也整洁干净。

“昨天的事情，上了报纸呢。我在《京都新闻》上看到了。不过篇幅太小了，真是过分。”

“我还以为这种事情不会上报纸呢。”

“为什么？这可不是小事。说不定可以算是杀人未遂了。”

……哎呀！

我正在翻看着一本雕刻作品图鉴——从名字来看，似乎是一位北欧国家的雕刻家，听到这儿，我不由得停住了手。杀人未遂！这听上去有点儿吓人。作为推理小说家，作为犯罪社会学专家——火村英生的半个助手，我得仔细听听到底是怎么回事。

“只是偷窃吧。杀人未遂也太夸张了。”女孩说道。

男人强硬地否定了她的想法：“那人把老板撞倒后逃走，这可不是一般的偷窃，这是赤裸裸的抢劫！万一半井先生有什么闪失，那他就是杀人抢劫……啊！对不起，对不起，我居然说出这种话，真是太不吉利了。”

“没关系，我不会介意的。”

入店行窃的小偷把老板弄伤了？真是个不像话的家伙！不过，光是撞倒应该不至于上报纸。但听他俩刚才对话的意思，老板应当是受了重伤，都不能说话了。

“目前，还不能断定就是入店行窃的人把叔叔撞倒了。”女孩说道。

她口中的“叔叔”，应该就是她父亲或母亲的兄弟①吧。

“又不是走在马路上发生的事情。虽然没有目击证人，但既然店里没有其他人在，那只可能是那家伙干的。”

---

① 日语中对亲属的称呼，并不区分是父系亲属还是母系亲属。在日语中，双亲中某一方的哥哥，统一写作“伯父”，某一方的弟弟统一写作“叔父”，并且发音相同，都念作“おじ”。小说中并未提及书店老板与女孩的具体关系，为方便，后文统一译成“叔叔”。

“也许只是他发现有人偷书，情绪太过激动，老毛病犯了而已。”

“他的后脑勺都肿起来了！绝对不只是因为情绪激动，肯定是对方对他动粗了。警察得赶紧把那家伙抓起来！碰上这种事情，我真觉得镇上要是装了安全监控就好了。”

“不过，我不喜欢那种东西。感觉自己走在路上都被人监视着。”

我面朝书架像只螃蟹一样侧着身子朝两人的方向移动，不知不觉就来到了柜台附近。我和男人视线相撞，对方的表情立刻严肃起来。这可不好！他们可能会怀疑，这个人时不时瞄一眼收银台，该不会是想伺机行窃吧。

“这家店发生了什么事吗？”我向男人询问道。一是为了洗清不必要的怀疑，二是完全出于个人的好奇。

男人摸着下巴上的胡子，点了点头。

“是啊。昨天，一个小偷来店里，不知道做了什么把店老板给撞飞了。真是个坏家伙。老板心脏一直不好，他冲出店门想追上逃跑的小偷，结果心脏病发作，一头栽倒在了店门口。虽然路过的人立马叫了救护车，但昨天一度生命垂危，今天的情况似乎还是不容乐观。”

“这么倒霉啊。真是太惨了。”

听到我这话，女孩乖巧地向我点了点头。我便也参与到了收银台前的对话之中。

“问问半井老板就能知道凶手的身材长相，可是他现在还没法开口说话。警方只能在附近进行拉网式排查。这附近店铺稀少，又正巧是雨停后的傍晚时分，看来要找到目击证人并非易事……冬美，店内的指纹采集工作什么的，昨天已经结束了吗？”

“是的。指纹的采集、现场的勘查等工作昨天晚上已经结束了，今天上午刑警也来了。可关于昨天的事，我一无所知，连忙都没帮上。”

方才听到他俩的对话，我已大致猜到两人的身份。果不其然，男人叫松冈，住在这附近，是店里的常客；守店的女孩叫冬美，是店铺老板——半井的侄女。在此之前，她也偶尔会来店里帮忙。

“斜对面不是有一家日式糕点店吗？那边的人有没有看到什么？”我手指着店铺的外面，询问道。

松冈回答：“你说的是‘鹤龟屋’吗？那家店的女主人是唯一的目击者。不过，她提供的证词不足以锁定凶犯。她一般是一边看店，一边望向外面的马路。但是，当时天色已暗，她说只看见一个小伙子披着一件夹克，朝白川大道的方向跑去了，夹克的下摆还随风飘起。”

松冈说，这些都是他亲自向老板娘打听来的。

“老板娘说，凶手身高一般，发型也没什么特别的。这些都不能算是线索。她看着凶手逃跑，心想，啊呀，这恐怕是碰上小偷了。就在那时，半井先生从店里跌跌撞撞地出来了，然后倒在了地上，她赶紧跑过来照看半井先生。正巧有人经过此地，帮忙拨打了119[①]，叫了救护车。”

① 在日本，119既是消防电话，也是急救电话。

看到半井忽然倒下，老板娘惊慌失措，所以没能看清楚逃走的那家伙长什么样吧。

“半井先生呼吸困难时，曾两度说道，小偷，还我！他定是十分不甘心吧。”松冈喘着粗气，义愤填膺。

“谢谢你还能这么替叔叔愤愤不平。”冬美说道，“我叔叔这人……你来书店时，他肯定也没什么好脸色……所以真的很感谢。”

“你叔叔脾气特别坏吗？”

我不小心问了个失礼的问题。

“是的，他这脾气不适合做生意。五十五岁退休后，叔叔改建了自家宅子，开了这家书店。他开旧书店完全出于自身的兴趣爱好……但老是为难客人。这儿的商品全是他的藏书，所以他总对客人提出奇怪的要求。”

半井是个不折不扣的书虫，退休前，就职于一家大型精密仪器生产商。那时，他就宣言五十五岁退休后，要用自己的退休金开一家旧书店。一年前他将此付诸行动。招牌上“旧书 烛火堂”这几个字是他亲笔所题。也许从公司职员时代开始，他就在思考酝酿店名了吧。

“哇——这里的书都是老板的私人藏书！这么多！”我感叹道。

冬美苦笑着说：“这还不是全部呢，里面还堆放了三千本左右。家里到处是书，叔叔还对地板的托梁进行了加固。店里卖出去一本，就从里面拿一本出来补充。里面的书不知道哪天才能收拾干净。”

从冬美的口中得知，这家店的老板，人生的唯一乐趣就是藏书和读书。在他即将步入五十岁时，妻子去世了。从那以后他的想法发生了变化，决定用自己的余生反复阅读、仔细品味名著，只留下特别重要的书，剩下的都卖掉。

“即便如此他还是舍不得自己的书吧，所以才会为难客人。”

我向他们打探到底怎么个为难法。一问才知道，老爷子定了一个挺麻烦的规矩。估计有的客人会因此和他吵起来吧。

“他好像还说过，这其实和‘烛火堂’这个店名也有关联。”松冈说道，“他也跟我提过这个。不过，还好我家就在附近。如果是大老远过来的客人，那应该会跟他吵架吧。”

我们站着聊了许久。冬美给我倒了杯茶，说道：“聊了这么久才给您上茶，真抱歉。”

我在“烛火堂”闲聊了三十多分钟才离开。刚走出店门，我突然想起还有几个书架没看。此时再返回去有些尴尬，于是我决定把它们留作下次来这儿的盼头。到时候，或许我也会被那性情乖僻的老板为难一番。

时绘婆婆看到我特地准备的生日礼物——她最爱的梅田蛋糕卷，外加“鹤龟屋”的日式葛粉糕，开心得手舞足蹈。她让我坐一会儿，吃了晚饭再走。婆婆和火村捡来的三只小猫，今天也跟我出奇地亲昵，主动爬到了我的膝盖上。我婉言表示，现在才刚过四点，不好意思久坐。就在这时，房客火村英生回来了。今天第三节课后，他便没课了。

“你跟火村教授随便聊聊，可以和他说说刚才在旧书店听到的事呀。这案子就发生在附近，教授也一定会感兴趣吧。”

婆婆如此好心，我不好执意推辞，便在火村房间里坐了下来。

“听说你给婆婆带了生日礼物，她一定非常开心吧。你这一过来，生日宴也会热闹一些，挺好。”火村一边说着，一边解下领带，并将大衣和夹克挂到衣柜的衣架上。

“那就好。不过既然今天是婆婆的生日，你怎么都不带她出去吃顿大餐呢？有个帅哥陪她约会，她一定会很开心的哦。”

“有个男人寄了几条新鲜的鱼来。那人以前住在这儿，后来回了高知县老家。婆婆说这些鱼不吃掉要坏了，所以我们今天在家里吃饭。”

火村说他已经为婆婆买好了她最爱的那家酒店的晚餐券，而且还是两张，这样婆婆可以约她的朋友一同前去。

“哦，对了！你说的附近发生的案子，是烛火堂的事吗？这事我知道。”

副教授冲起了速溶咖啡。但他说并不清楚案件的细节，于是我把事情的大致经过告诉了他。他听完后，说道：

“哦——原来是这么回事啊。有一次，我顺路经过那家店，进去看了看，什么也没买就出来了。听说那家店的老板是个古怪的老爷子。”

“你也听说了呀。”

“我负责指导论文的一个学生跟我说的。他说那家店的老板故意刁难人。他看中一本书，拿去收银台，结果老板说：‘你真的很想要这本书吗？今天我不能卖给你，十天以后你再过来吧。’意思是让他用十天时间想清楚是不是真的需要那本书，确实想要再来。”

据说那位学生一气之下决定不买了。他的心情我能理解，不过这也说明那本书并非是他真正想要的。

顺带一提，据冬美所说，十天这个期限并没有什么特别的含义。估计是取了这家店的名称——烛火堂的谐音[①]吧。然而就算没有特殊的意义，老板也不会轻易改变自己定下的规矩，没到十天，他是绝对不会将书卖出的。

“作为一个生意人，他完全不合格。他开那家店只是因为自己的兴趣爱好。听说，老板是个书迷，店里的商品全是他的藏书，所以他才对那些书恋恋不舍。不过也不是所有书他都要求客人十天以后再来取，大部分书，他还是会正常地直接卖给客人的。老板并没有标记哪几本书不等十天不会卖，只是在他心中有那么一杆秤而已吧。”

这就是侄女冬美所说的麻烦事。老板住院了，店铺暂停营业其实也没什么不妥。她之所以过来看店，是因为有一位客人要来取十天前看中的两本书。

我将从烛火堂听来的故事告诉了火村，他说道：“原来是这样啊，确实是一家奇怪的店铺。不过这也是一种做生意的方式。只要能经营下去，这不也挺好的吗？”

---

① 日语中“十天（とおか）”和“烛火（とうか）”发音相同，都念作“to o ka”。

接下来，我们就“经营”各抒己见。我主张商人必须有开放的态度、公正的情怀。只要货物摆在了店铺的货架上，不管是谁以何种理由前来购买，客人付了钱，商家就得把商品交给对方。商家不能以“我就是看你不顺眼”等理由，拒绝出售商品。另外，商品的价格不能随意改变，不能因人而异。当然拍卖会另当别论。

火村则持不同的意见。

“在当今日本以及其他发达国家中，正常的商业交易确实如你所说，‘平等’非常重要。但是，如果从‘自由’的角度出发，店主是有权利选择客人的。我看你不顺眼，所以不卖给你——这么说，确实让人不愉快。可是，如果店主的出发点是‘我想把这个商品卖给更需要它的人’，这也非常合理。经营的本质并不是简单的经济活动，而是创造幸福，是买卖双方的双赢。把商品卖给最需要它的人，这时创造出来的幸福才是最大值。”

我不禁怀疑起来：我这到底是在和经济学专业、商学专业的教授对话，还是在和哲学专业的教授对话？

“关于经营本质的讨论到此结束。关于烛火堂的这个案子，你没什么想说的吗？”

“没有。”

若是受到京阪神[①]方面警察的委托，调查杀人事件，这家伙往往是

① 京阪神分别指京都、大阪、神户。

兴趣盎然，不辞辛劳。这事虽然发生在身边，但毕竟不是大案件，他似乎对此兴味索然。这一点我也能理解。我只是凑巧在案发现场听到了关于案件的详情，觉得机缘巧合而已。若不是老板不幸突发心脏病，这只是一起极其寻常的偷窃事件而已。

“你对这件事没什么兴趣嘛。如果我告诉你，被偷的书是海老原瞬的诗集，你也能无动于衷吗？”

海老原为象征派诗人、作家，同时也是英国文学的研究者，性格孤傲。我和火村曾在伊势湾的一个小岛上被卷入了连环杀人事件，在那里认识了海老原①。

“‘海老原瞬，我们见过他’——我想起那个岛上的案件了。但我想说的仅限于此。不好意思，反应这么冷淡……”火村说着，忽然神采飞扬起来，“店主没法开口说话，你们怎么知道被偷的是哪一本书？”

“昨天下午的较早时段，松冈翻阅了一本书，正是那本。小偷事件后，他和其他常客一起确认过，确实是那本书不见了，他们已经把这个报告给了警方。”

“被偷走的是一本什么样的书？”

“一本叫《黑色僧人》的诗集，定价三千日元，但因为发行册数较少，已经绝版了，所以标价八千日元。”

---

① 译者注：这里讲述的是火村英生系列《乱鸦之岛》中的故事情节。

松冈说，他也想要那本书，但因为太贵了，只好作罢。

“单行本吗？”

“对。那本书是和同一系列的诗集一起摆在店内的书架上，封面黑黑的，大小比 B6 纸小一些，精装本。干吗问这个？”

火村并不回答我的问题，他接着说：

“你把烛火堂昨天发生的事情再和我说一遍。按时间先后顺序复述一下那位叫松冈的常客所说的话。”

火村大概发现了什么吧。他忽然对这个案件有了兴趣。

“时间先后顺序……这……我从何说起啊？”

“从那天松冈第二次到访烛火堂开始说。”

我一面暗自惊讶这家伙为什么对这个感兴趣，一面答应了他的要求。

松冈是一名土特产店的老板，店铺位于银阁寺大道的附近。昨天下午早些时候，他刚好经过烛火堂，顺便进店看了看。他在店里看中了一本书，但是太贵了，钱没带够。傍晚四点，他看到雨停了，便拿了钱再次到访书店。

“当时，老爷子和往常一样在招呼客人吗？”

“是啊。他当时在为难一位客人，让对方十天后再来。松冈说那位客人是一位身材魁梧、很有绅士风度的男人。对方请求老板说：‘那一个礼拜以后我再过来，这样可以吗？’由于对方在和老板交涉，松冈就只好暂时看看书架上的书，打发时间。”

绅士的努力并没有奏效，老爷子拒绝了他的请求，他们的交涉以失败告终。这时，松冈走向了收银台，买下了他先前看中的那本书。

“那位客人没有要求老板替他把书留好吧。”

“对。估计那人又惊又气，决定不买了。听松冈说，他付钱时扭头瞥了一眼，只见那人一脸坦然地离开了书店。”

“他从背后也能看到对方表情吗？”

“你还挺钻牛角尖啊。他是从天花板附近的镜子里看到的，我把细节省掉了没跟你说而已。”

松冈很是同情那位绅士，向半井提出别再坚持“十天后”的规则了，但是半井只是摇了摇头。

“昨天天气不好，店里只来了五六位客人，书只卖出了一本——就是松冈买的那本。即便如此，老板始终坚持，店里的商品要怎么卖，自己说了算。”

火村坐在榻榻米上，伸直了一条腿，背靠在墙上，喝着咖啡，说：“那位绅士想买的是什么书？”

“这就不清楚了。绅士与老板交涉时，松冈不好意思站在边上。当时他在靠近门口的书架前打发时间。”

“把你听来的关于那人的体貌特征，如实告诉我。”

我一面复述着从松冈那儿听来的信息，一面暗自诧异：火村为什么对这位客人那么好奇？

“个子高大、肩膀很宽、皮肤白皙、长相普通，身穿高档蓝色长款大衣，系着领带，两只手空着，没拿东西……他有什么问题吗？”

“详细的等一下和你说。在这之后，烛火堂里发生了什么就没人知道了，除了对面鹤龟屋的老板娘。她还提供了证词，对吧？”

关于这个，我亲自向鹤龟屋的老板娘确认过。我离开烛火堂后，顺便去了那儿，并借着买日式葛粉糕的机会，向老板娘打听了一番。

“虽然是家老字号店铺，但老板娘非常年轻，看上去才三十来岁。昨天傍晚，她一直守在店里，当时所有进出烛火堂的客人她都看到了。不过，也就只有三位而已。”

第一位是个身穿大衣的绅士，大概四点进店。四点后来的是松冈。第三位则是那个肇事的小伙子，他于五点前进店。小伙子标准身材，背着双肩包，一只手里拿着折叠伞。

“小伙子进店没到五分钟就飞奔了出来。哎呀，小偷！老板娘心里一惊，随即看到书店的老爷子踉踉跄跄地追了出来，倒在了店门口。”

“于是她跑去照看那老爷子。一位路人帮他们叫了救护车。老爷子喊着‘小偷，还我！’是吧？”

“是啊，我知道的就这些。火村教授，即便是您也没法推理出那个小伙子的身份信息吧？”

“这当然啦。信息量太少，没法进行推理。不过，降临在老爷子身上的是一场怎样的飞来横祸，这我倒可以推理出来。”

看来这个话题，我们还能继续聊一会儿。

“那让我来听一下你的推理吧。离婆婆准备好晚饭刚好还有一段时间。”

我倒了第二杯咖啡。火村会说些什么呢？我翘首以待。

“从结论来说，逃走的小伙子并没有偷书。”

他脱口而出的第一句话便让我难以认同。

“这就奇怪了。那家伙如果不是小偷的话，为什么要落荒而逃呢？老爷子追出来后，不是喊了‘小偷，还我！’吗？”

“他偷的东西，未必是书。”

我刚才应该已经说得很清楚了。案发后的现场调查显示，书架上只有一处空缺。根据松冈的证词，原来那个位置放的是海老原瞬的《黑色僧人》。另外，收银机里的钱也没有被人拿走。

“不过，收银机里到底有多少钱，不问问老爷子谁也不知道。但是里面还留有很多纸钞，如果小偷动了收银机，肯定不会只拿十日元、百日元的硬币，绝对会一下子抓上一把纸钞立马逃跑。[①]”

店里除了书也没有其他值钱的东西。如果小偷试图进行闯进里间的书库偷盗，店主应该没等他闯进去就把他赶出来了吧。

“按照你听来的信息，小伙子身上背着一个双肩包，手里只拿了一把折叠伞，他应该没时间将偷来的东西放进背包里吧。”

“我不是已经说过了嘛，《黑色僧人》这本书是很小的精装本，小

① 日元钱币的面额，常用的有以下九种：一日元、五日元、十日元、五十日元、一百日元、五百日元、一千日元、五千日元、一万日元。其中一千、五千、一万日元为纸币，其余均为硬币。

偷肯定把它放进夹克外套的口袋里了。”

“小伙子逃走时，他所穿夹克的下摆随风飘起——这可是鹤龟屋的老板娘所说的。如果她的描述没错的话，我并不认为小偷将书放进了口袋里。”

我不得不承认这话不无道理。但是，如果是这样，那店老板为什么要喊“小偷，还我！”呢？事件发生时，只有那小伙子在场。并且事件发生前后，烛火堂内只少了《黑色僧人》一本书而已。老板说的这句话是什么意思呢？

“我们姑且相信松冈所言属实，如果店里确实少了《黑色僧人》一书，那到底是谁拿走的？其实这很简单，就是那位穿长大衣的绅士。”

下午较早的时段，松冈在店内的书架上看到了《黑色僧人》一书，应该没错。

火村继续说道：“关于这个，松冈应该没有撒谎。如果书是他偷走的，他没必要和其他常客一起去核对丢失的是否是《黑色僧人》一书，也没必要将此告知警方。”

松冈在下午的较早时段看到过《黑色僧人》一书，四点多再次到访书店时，他并未留意此书。这么看来，完全有可能是当时从书店离开的身穿大衣的男人将书偷走了。据松冈说，男人离开时两手空空，估计是把书藏在了大衣的口袋里。他想的是看准松冈在收银台付钱之际，趁老板不注意下手的吧。如果这个推理是正确的，那这个大衣男哪里是什么绅士，简直就是鼠辈。

“离开店铺时，他那副坦然的样子，说不定正是因为瞒过了店主的眼睛，将自己想要的书弄到手了呢。”

抑或是为了掩饰他内心的窃喜吧。

“不对啊，火村。那家店里，图书摆放得非常整齐，即便只少了一本也会十分显眼。松冈没注意到，那还说得过去。但是，坐在柜台里的老板肯定会察觉到书架上少了一册书，从而意识到大衣男将书偷走了。”

“我不清楚柜台和放有那本书的书架的位置关系。不过，只抽走一本还是很容易蒙混过去吧。将其他的书稍稍挪动一下，就能让书脊看上去相当整齐。”

“有道理，而且那里摆放着的还是同一个系列的书籍……如果真是那样，那老爷子试图抓住小伙子的时候，为什么说‘小偷，还我！’时间对不上嘛。”

“小伙子也偷了东西吧。”

“偷了什么？我不是已经说过了嘛，店里的其他书还有钱都没被拿走。”

火村点燃了一支骆驼牌香烟，仰头向上吐了一口烟。

“如果店内除了书还有收银机里的钱，便没了值钱的东西。那被小伙子拿去的东西只可能是外部人员带进来的。而这样东西正是被大衣男带进来的。”

我觉得这家伙真是一派胡言。可转念一想，这也并非毫无可能。

“大衣男落下了某样东西，而小伙子把那样东西拿走了？”

火村却有着不同的看法。

“大衣男空手而来，落下了东西的可能性很低。我猜大衣男偷偷拿走了《黑色僧人》一书，作为补偿他将书款放在了书架上。你刚才说那本书标价八千日元是吗？有可能他放了一张一万日元的纸币，多出的两千元则作为擅自把书拿走的赔礼。”

我恍然大悟。有道理！作为一名绅士，大衣男骗过老板的同时，也想尽可能地秉持公平。

“小伙子看到后，一时起了歹心。他偷偷地把塞在书架的钱拿走，正好被老板看见了。老板立马明白了这钱是怎么一回事，试图制止小伙子，却被他撞飞了……”

火村摆了摆夹着香烟的右手，否定了我的说法。

“老爷子首先得站起来，然后从柜台内跑出来。小伙子不可能等着他完成这一系列动作之后，再去撞倒他。小伙子意识到老板发现自己偷拿了钱，立马从店里逃走——这样才合情合理。老爷子后脑勺的肿块也许是他摔倒时撞在了柜台上。刚才听下来，昨天下着雨，还有五六个客人光顾了，那地板湿掉也很正常。说不定老板脚下一滑……也可能是他心脏病发作，倒地时摔出来的。”

老板强忍着胸口和后脑勺的疼痛，追到了外面，然后筋疲力尽，瘫倒在地，并喊了声“小偷！还我！”

“你的推理挺有意思啊。要是你还能说出逃走的男人到底是谁，我倒也无话可说。”

“我不是说了这个办不到嘛。不过……关于大衣男，我倒是心里有数。”

“那个人？那个人你可以推理出来是谁吗？”

看到我一脸惊讶，火村露出一丝得意。

“你该不会说，‘那人是我学校的同事，我听他亲口说了’。”

“不是的。松冈住在附近，是烛火堂的常客，但他与大衣男不曾相识。昨天的雨从早上一直下到了傍晚。雨停之后，此人便系着领带，两手空空地走在路上。松冈与他并不相识，再加上他那副穿着打扮，根据这两点推理出他不是住在这附近的居民。”

“嗯，是啊。鹤龟屋的老板娘也不认识这个人。”

“然而，如果住得离这儿较远，他应该带着伞才对。只有一种假设可以解释——这个男人从外地而来，暂时住在这附近。雨停了，他出来散个步，途中刚好经过烛火堂，于是顺便进去看了看。在这种情况下，他发现了一本非常想要的书，却被告知得等十天后再来，可想而知，一定非常郁闷。因此，他偷偷摸摸地把书拿走也是可以理解的。”

我点头表示赞同。

“他暂住在哪儿呢？亲戚或朋友家当然也是一种可能。但如果是这样的话，他可以把买书的钱交给那家人，请他们十天后去买下那本书并寄给自己，大可不必做出偷窃的行为来。所以我的想法是，大衣男暂住在旅馆里。这附近有一家由町屋改建而成的旅馆。如果是夏洛克·福尔摩斯，此时应该会斩钉截铁地脱口而出：他就是那家旅馆的客人！”

我想立刻去那家旅馆确认一下火村的假设是否正确，但又很快打消了这个念头。那个人应该已经退房离开了吧。不对！说不定他要连续住上几天呢？

“他肯定已经退房离开了。这个事情登在了今天的晨报上，而且在这一带已经传得沸沸扬扬。如果那位绅士还住在这附近，应该会有所行动才对。不过他做了近似偷窃的行为，也可能躲起来了吧。”

“也没法证实那儿有没有这么个人呀，真叫人难受。”

“有一个办法，六天后去旅馆确认即可。松冈不是听到对方曾说，过一周左右他能再来一趟吗？这说明大衣男应该是计划好了一周左右后再来一次京都。而十天之后，他又已经离开了京都，因此便不知道何时再来了……大衣男就是这么个住址、姓名、职业都无从知晓的人物。”

吃晚饭时，我们把这个事情说给了婆婆听。没想到她两眼发光，听得出神。她和我们说：“六天后，我去问吧。那旅馆的老板我认识。”

看来我和火村说给她听的八卦也成了一件生日礼物。

一转眼六天过去了。

经婆婆确认后我们得知，火村猜得没错，的确有那么一位绅士。他把当天发生的事情一五一十地告诉了旅馆老板，并去探望了半井。

此时性格乖僻的书店老板也已康复大半，已经转移到了普通病房。

另外还有一件事。

听说老板不在店的这段时间，烛火堂收到了一封来历不明的信件。信封里面是一张一万日元的纸币和一封简短的信。信上写道：“我把钱还给您。真的非常抱歉。祝您早日恢复健康。”

皆大欢喜，皆大欢喜。

但话说回来，老爷子声称，他今后也不会改变“十天后”规则。

砸碎橱窗

1

我回到办公室的时候，坂井和琳娜正看着电脑屏幕痴痴地傻笑。这让我有些恼怒。我正因为公司资金短缺问题奔波忙碌，他俩倒好，完全不知道我的辛苦，还在这儿谈笑风生。

“嘿！今天早上的街边美食节目录制顺利吗？”我朝他们问道。

听到我的声音，他们才注意到老板回来了，两人同时转过头。

“啊，嗯！一切都很顺利。琳娜越来越擅长和店员交流了呢，对吧，琳娜。”

经纪人说完，琳娜明快地回答道：“是的！”

琳娜一副干劲十足的样子。虽然只是一个时长五分钟左右的环节，但这可是她第一次抓到在电视节目上定期出演的机会。琳娜下午开始就没了其他的工作安排，便在公司里与经纪人闲聊解闷。作为夕狩娱乐经纪公司的老板，我对此非常不满。

“老板，你玩玩这个吗？”坂井一脸轻松自得，这副模样真叫人火大。不过，生他们的气也无济于事，谁叫我手底下只有这样的部下呢！全都是我——夕狩正比谷自己的责任。

说到责任，坂井虽长得一副学生模样，却已二十九岁了，还是两个孩子的父亲。我有责任维护他们一家四口的生活，也想好好保护他们，可是如果万一……对不起，原谅我！

电脑的显示器上显示着“变态心理诊断测试”。题目里描述了一些场景，通过答题者在此场景下的思考方式来诊断心理变态的倾向。

“喂，坂井，‘变态’这个词可不是能随便用的。你不要教坏了琳娜。”

“啊？现在已经不能用‘变态’这个词了吗？琳娜，你一定要当心哦。”

“你傻啊。”我吐槽道。

我看了看测试题目。第一道题是这样的：

你杀了人，不经意抬起头，发现附近一幢公寓的阳台上有人。你和他四目相对，下一步你将采取什么行动？

“被那个人目击了行凶过程就完了。我会先确认目击者住在哪个房间，比如说，七楼从右边数第三间之类的。”

两人不禁“扑哧”一声笑了出来。看来这个回答显示我的变态倾向严重。

“第二题呢？”琳娜说道，“你杀了人，周围空无一人，正巧一辆小车从你身边经过。司机下车，朝你问道，发生什么事了？于是你把司机也杀了，这是为什么呢？”

“当然是为了抢他的车啊，谁都会这么想吧。”

两人笑得比刚才更夸张了。我并没想着要标新立异，只是把再正常不过的想法说了出来而已，这有什么好笑的？真是莫名其妙。

“第一题，正常人的反应应该是落荒而逃；第二题，杀了司机单纯是为了杀人灭口呀。老板，你太恐怖了。”

我下拉了一下画面，接下来还有一长串类似的问题，末尾处写着“此测试无任何心理学依据，仅供娱乐”。

“我是故意的。”我撒谎道，“网上到处是这种小游戏，你们别当真。”

“什么嘛，你故意的呀。”琳娜说道，“太好了，我还想着这公司没法待了。对吧，坂井先生。”

“琳娜要是辞掉了，公司就完了。”

两人说笑着，而我却在一旁闷闷不乐。

我又看了几题，几乎都是类似的问题，很是无聊。但其中有一道题着实让我吓了一跳。

——你经营的公司破产了，未将此事告诉家人。之后你重新找到一份工作，有了收入。但你的家人其实早就知道你破产一事，只是闭口不谈，假装不知。你知道后，杀妻弑子，这是为什么？

大多数人的回答是“自己以为已经瞒天过海，其实早就被家人看穿了，得知这一点深受打击”或者“家人对自己的体谅，反而成了一种屈辱”。心理变态倾向严重者的回答则是，妻子与孩子已经失去了老板夫人，千金或公子的身份。既然他们已经知道了这个残酷现实，那他们活着也毫无意义——这种心理太变态了。这类心理测试故意假设一些反常的现象，哗众取宠，毫无现实意义。

我虽然这么告诉自己，但内心却无法平静。这不正是我目前所处的状况吗？我感觉坂井仿佛看透了我的心思，为了警告我不要做傻事，才故意给我做这个测试。当然，这种可能性为零。

“老板……”

仲畑在办公室的另一头呼叫我。他看着我，眼神好像在说，我有重要的事情要跟你说。我立即站起身，朝他的办公桌走过去。

“结果如何？”仲畑生怕被坂井他们听到，小声问道。

我把手轻轻地搭在他的肩膀上，说道：“是生是死就看明天了，我会想办法的。”

“好吧。”仲畑有气无力地应了一声。

这位木讷的财务主管终于也开始意识到公司的资金周转困难。他和我一样，三十七岁，未婚。三年前，正值夕狩娱乐经纪公司全盛时期，他贷款买了一间高级公寓。他也因此十分担心公司今后的安危吧。

“不用担心，靠这张厚脸皮可以搞定的。”我拍了拍自己的脸说道，“我会筹到足够金额的。阿仲，你用不着那么忧心忡忡。”

“老板，只能靠您出马了。任务艰巨，拜托您了。我唯一能做的，就只有在回家路上去天神[①]那里为您祈祷了。”

---

① 这里指的是大阪天满宫。此神社里供奉的主要神仙为菅原道真，是日本的学问之神。在京都大阪一带被人们称呼为“天神（天神さん）”。因此，日本人也会用“天神”一词指代天满宫神社。

“钱财方面的事情怎么能去拜学问之神呢？他要么骂你找错人，要么对你不理不睬吧。”

电话铃响了。坂井拿起听筒，说了几句之后，朝我喊道：“老板，您的电话。是愉良小姐打来的。”

愉良居然打办公室电话找我，是出什么事了吗？我纳闷儿着接过话筒。

“比古，你怎么了？手机一直不接，我只好打你办公室电话了。”

我想起我把随身携带的手机放在了包里。“不好意思，没注意到。有什么急事吗？”

“嗯，我正发愁呢，你能立刻来一趟心斋桥吗？”她慌慌张张地向我说道。

话筒的那一头传来了汽车鸣笛的声音，我一时间还以为是她遇上了车祸，结果她说，是她把房间钥匙弄丢了。

“我买着东西，不知把钥匙掉哪儿了。我顺着刚才走过的路找了好几遍，还去派出所问了失物招领处，但也没找到。”

所以她回不了公寓，现在还在心斋桥附近瞎晃。她打这通电话，是希望我抽身给她送钥匙。

“比古，你很忙的话，能请坂井先生送过来吗？”

真是个任性的要求。唉，真拿她没办法！总不能把她扔在那里不管。刚好我手头上没有急着要处理的工作，也没有约见客户，于是我回答她：“我去给你送。”

“你方便吗？太好了，谢谢，真不好意思呀。我在心斋桥的什么位置等你呢？要不我在日航酒店喝着茶等你来吧。”

她故意拖长最后一个字向我撒娇。愉良嗓音尖细，声音从听筒里漏了出来。坂井和琳娜明显竖起了耳朵。

“我直接去你公寓，那样更快。我现在立即出发。六点在房门口见。”

“嗯，知道了。”

她说完就挂断了电话，真是自说自话。这下，下属们都知道我被一个任性的小女朋友折腾得团团转了。

“老板，你去愉良小姐那儿的话，今天公司里剩下的事情就交给我们吧。”

坂井机灵地提议道。我确实有点儿累了，于是决定待会儿不再返回公司。坂井十分清楚我和愉良的关系，真是怪不好意思的。

我离开公司，在大阪天满宫车站坐上 JR 东西线，前往海老江车站。只有三站路，因此我将比愉良更早到达公寓。我沿着车站的地下通道走到马路上，穿过十字路口，在附近找了一家便利店打发时间。我在里面站着翻阅了一会儿杂志，然后买了些啤酒和小零食。

将近六点时，我走进“幸福人生海老江”公寓——这公寓名称实在太尴尬了。我来到 201 室，发现女朋友还没到。不过，没过五分钟，她就双手提着大纸袋坐电梯上来了。看来她今天也是满载而归，一个一个纸袋上都印着知名大牌的商标。

——拿着我的钱，亏她花得这么心安理得。

这是我第一次产生这样的想法。她物质欲望强烈，一直以来，我都以能让她过上如此奢靡的生活为荣。不过，这个想法转瞬即逝。我并没有因此而生气。

“不好意思，你等了很久吗？”

“没，我刚到。”我一边说一边开门，顺便接过愉良手中的“战利品”，提进了房间。一件冬款毛衣，一只专门用来搭配毛衣的小包，还有一堆小东西。她今天还算“节省”，总共花了五六十万日元吧。对于愉良来说，信用卡就是她的“如意槌”[①]，不管她花多少，我都会把钱备好。

这间 201 室也是我给她的。虽然只是一间普通的三居室，但愉良搬过来时，我花了二百万进行装修，软装部分也按照她的喜好全部翻新，也算奢华吧。我自己则于三年前搬去了尼崎市的公寓，这里其实原本打算留着用来做公司旗下艺人的宿舍。

“我不回公司了。晚饭点些什么？”

“我想吃比萨。”

我的小公主只要去外面吃饭，一定选择高档西式餐厅或高级日式料理。那样的地方所营造的氛围以及提供的服务能极大地满足她的虚荣心，她并不在乎食物本身。

---

① 日本传说中的一种宝贝，只要敲一敲就能得到自己想要的东西。

“我真是个大笨蛋，对不起。到底丢哪儿了？不可能丢呀。整串钥匙都不见了，真是太不可思议了。”

愉良还不死心，把手提包拿了过来，继续在里面翻找。她可爱的样子让我心动不已。她那迷人的眼睛、纤细且白皙的胳膊、漂亮的锁骨……一切都美得让我窒息。还有那擅长撒娇的样子，真是可爱至极。我想要的就是这样的女人。

她花钱如水、挥金如土，但我从未因此而恼怒，刚才那个念头在我脑海里也只是一闪而过。我深陷于她，无法自拔——这是不争的事实。她任性、虚荣、贪婪，嘴巴并不甜，还懵懵懂懂的，但本性善良，并对我这个比她大十四岁的男人深感信赖。我爱她。

“这样不安全，赶紧把门锁换了。找个换锁的，打个电话师傅立马会来。”

“嗯，好。要是进了强盗就太可怕了。我一个女孩子一人独居，得小心一点儿……啊！”

她尖叫了一声，将伸在包里的右手拿了出来。她做了美甲的指尖捏着那串原本已经丢失的钥匙。

“比古，我找到了，居然钻进了纸巾袋里。”

她可真会折腾人。

“我真是个大笨蛋，超级无敌大笨蛋。”愉良咯咯地笑了，“这下安心了，心情也变好了，我给你看看我今天的‘战利品’。”

愉良从购物袋里拿出毛衣、包包等一一向我展示，然后将它们整齐地收纳进衣帽间。这房间里东西不断增多，马上就要装不下了吧。

“哎呀，我忘记买那个了！”愉良一边说一边扭动着身子。

我看着她，陷入了沉思。

最近，有一个念头常常在我的脑海中闪现。这个念头让我自己都感到害怕，别人要是听了一定会瑟瑟发抖吧。我拼命压抑着的念头忽然又在脑海里涌动了起来。

这也许是个好机会。

明天要是筹不到钱，那个时候……

2

第二天。

最后一根救命稻草也被掐断了。我失魂落魄地走在御堂筋大街上[①]，经过韩国领事馆门前时，我脑子里回想着老熟人刚才对我说的话。

“很抱歉。明摆着收不回来的钱，我是不会借出的。在我看来，夕狩娱乐已经无法重整旗鼓。你的公司曾经捧红了一个奥寺玛丽，赚了不少。然而现在玛丽走了，你们已经没有别的人才了。难得抓到一棵摇钱树，却没想到她人气太火，被东京的经纪公司给挖走了。这就是大阪的娱乐经纪公司的悲惨宿命吧。为了寻找第二个奥寺玛丽，我想你也是费了九牛二虎之力吧，可惜一切都太晚了。很遗憾，我帮不上你的忙。不过，这五年来你过着令很多人羡慕的生活，有钱有势，活得醉生梦死。我不是在讽刺你，但你确实志得意满了一阵，不是吗？

① 御堂筋是大阪的一条繁华商业街。

你才智过人，同时又像杂草一样顽强，不会因为区区一家公司倒闭，就变得一蹶不振的。我相信你一定可以卷土重来。”

他那同情的话语如同洪水般朝我涌来。从中途开始，他所说的话我一个字也没听进去。我只是装作洗耳恭听的样子，心里却在想着别的事情——既然毁灭不可避免，那就考虑考虑该怎样迎来毁灭吧。

我朝着北面走去。南船场有一家安静的咖啡馆，我应该是想去那里坐一坐吧。不过，我似乎只是跟着迈动的双腿漫无目的地前进而已。

我经过日航酒店，穿过新桥十字路口后，将视线望向了马路对面。红红火火的高档品牌专卖店鳞次栉比。说起来，那些店铺都是愉良常去的地方啊。正当我这么想着，愉良忽然出现在我的视野里。她拎着手提包从一家店铺走了出来。昨天她刚来这一带购物消费过，今天又来挥霍了吗？这么说来，昨天她的确随口提了句，说有一样东西忘了买。

这家伙完全不体谅我赚钱的辛苦，哼着小曲，又在奢侈地买这买那了。事到如今，我并没有生她的气。是我吹嘘自己家财万贯，怂恿她挥金如土。公司即将倒闭一事也是我瞒着她的。愉良没有任何过错，依旧如天使般可爱。正因如此，我不愿看到她无情地离我而去。

如果我孤身一人，一定可以卷土重来。我原本身无分文，白手起家，因此也一定可以东山再起。虽然不得不暂时告别富足的生活，但我从小家境贫寒，早就习惯了过苦日子。

问题在于愉良。听说她父母感情不好，家庭并不和睦，不过经济条件还算优越。她父母因为夫妻关系破裂，对她陪伴较少。大概是为了弥补对女儿情感上的亏欠，他们给她的零花钱很多。她从小到大都是想要什么就买什么。父母离婚后，她在一家品牌女装店靠打工养活自己，但其实存款充裕，从来没有经历过节衣缩食的日子。后来她遇到了我，享受起了在高档名牌商店自由购物的快乐。虽然谈不上大富大贵，但也算得上是一位小公主了。我没有勇气对这样的女朋友说，我得从零开始，请你陪我一起渡过难关。她一定不会点头同意的。不用猜我都知道，她用我的钱买的衣服、鞋子、珠宝首饰……这些东西会直接变成我和她的分手费。

她离我而去，这对我来说，确实是一件痛苦的事情。但这并不是我跨不过去的坎。我可以索性想开些，把这当作我必须经历的磨难。反正我就像一棵杂草，从未有过被人怜爱的经历。反而愉良才是我放心不下的牵挂。突然被扔进这个弱肉强食、残酷无情的社会，我的小公主要如何生存下去呢？一想到此，我就黯然神伤。她会被不三不四的男人欺骗，然后像抹布一样被对方抛弃吧。这才是我无法忍受的。

“……你知道后，杀妻弑子，这是为什么？”

昨天那道低级趣味的测试题在我脑海中一闪而过。我并不是不想看到愉良失去“成功人士的恋人”这一身份。我的想法合情合理。

但是，下定决心付诸行动并非易事。我幻想着幸运忽然降临，重振公司的活路会一下子在眼前展开，所以昨天才未下手。可是，就在二十分钟之前，那个希望破灭了。既然如此，我也只能下定决心了。

稍不注意，愉良就从我视野里消失了。她大概去了下一家商店吧。她应该还有些存款，不过似乎从不在意到底有多少余额。

我在南船厂找了一家咖啡馆坐了下来。我闭目冥想，暗自计划起来。无须大费周章，只需将现场伪装成“强盗入室抢劫，残忍杀害独居女子”便可。我经常出入愉良的住处，这事众人皆知，因此即便留下指纹也无妨。不过，要是碰到一些不应该出现我指纹的地方就糟了，所以还是备好手套吧。船厂这一带有很多商店，在这附近购买即可。还有别的注意事项吗？所有计划都只能在脑海里规划，以免留下证据。我尽可能地发挥自己的想象力，确认着每一个细节，并将它们深深地刻在脑海。

我回到了公司。公司里只剩仲畑一人，他正焦急地等待着我的归来。我将一切和盘托出。

“我直到上周才发现资金缺口已经这么大了，也确实太大意了……老板，你在数字上造假了吧。”仲畑对我抱怨道。

“没事，我有办法。”我安慰他。不过，这只是我向他开出的“空头支票”。这个月底，将有一笔到期的商票无法兑付。金额并不大，不到一百万日元，但对夕狩娱乐来说却是致命一击。不难想象，下个月的商票自然也是没法兑付了。这公司是我白手起家，一手创建的，但下个月的五号将是它的忌日。

“我在想办法，你别和大家说。拜托了。”

七点，我离开了公司。在天神桥筋商业街吃完晚饭，我闲逛了一阵子，打发了一会儿时间。我本想喝点酒，但考虑酒精会影响判断力、观察力，于是便打消了这个念头。路过天满宫时，我快步走开了。我即将取人性命，实在无颜以对各路神仙。换作心理变态人士应该会进去求神拜佛，祈祷自己计划成功吧。

九点，我缓缓走向车站。我在第二站新福岛下了车——我潜意识地规避了离愉良公寓最近的车站。这里离愉良的住所还有一站路的距离，我打算步行前往。单肩包里装着在船厂一带买来的手套。我还在其他地方购买了针织帽以及平光镜。用这些道具稍微乔装一下，即便被监控拍到，也看不出来是我吧。平常上班时，我也背着身上这只单肩包，不过这个包款式普通，满大街都是，不用在意。

九点四十分左右我到达了“幸福生活海老江”。我有些犹豫，是否等夜更深些再动手？可转念一想，在这附近无所事事地闲逛很可能会引起邻里的注意。另外，决心一旦动摇，待会儿下不了手就糟了。我已经没了退路。

我绕到公寓的后门，通过消防楼梯上到了二楼。这栋公寓并没有配备最新的安全措施，只在电梯里安装了监控。八年前，考虑到地震及火灾的风险，我特地选择了低楼层。现在想想，真是特别感谢八年前的自己。

沿着楼梯上到二楼，楼梯口便是位于走廊尽头的 201 室。我将帽子和眼镜收进包里，按响了门铃对讲机。十秒过后，对讲机那头传来了愉良的声音："是谁呀？"看来她喝酒了。愉良微醉的时候，总是有些口齿不清。

"是我。"我回答。随后便传来了打开门闩的声音，接着门开了。愉良面泛红潮，出现在了我的眼前。"比古，你怎么也不打个电话，事先说一声呀……"还没等她说完，我便闪身进了房间。

"我正好经过附近，就来了。你一个人在喝酒呀？"

"嗯，一边喝红酒一边看 DVD。今天好像醉得特别快。"

我环视四周。玻璃圆桌上摆着一瓶托斯卡纳葡萄酒、一只酒杯以及一盘奶酪。大大的电视屏幕上画面静止着，上面显示着布拉德·皮特惊恐无比的脸庞。接下来，他将被大量的丧尸围追堵截。

"比古，你要喝吗？"

她正要给我拿出酒杯，我赶忙阻止了她。要是她拿出杯子，待会儿我还得收拾。

"我正在看恐怖电影呢。你来得正好，刚好放到吓人的地方，你陪我一起看吧。"

对不起，我没法和你一起看电影。我虽然心里这么想着，但嘴上还是答应了她，坐到了沙发上。愉良坐到我身边，按下了遥控器的开关。下一秒，电视画面上出现了数量惊人的丧尸，它们翻越了巨大的围墙[①]。我打算立马行动。于是我对愉良说"等一下"，然后关掉了电

① 这里指电影《僵尸世界大战》中的经典场景——数万丧尸搭建人梯翻越城市的高墙，袭击墙内的人。

视。我不想看着这样的画面杀死我心爱的女人。

“莫非……你今天来是有什么话要和我说吗？”愉良问道。

或许她已察觉到气氛有些不对劲了吧，但我并没有回答她。我害怕一旦与她交谈起来，脑子里设想的计划便无法实施。我悄悄戴好手套，拿起靠枕，二话不说把她压在了身下。她一定以为我是在逗她玩儿吧。我最后看到的活生生的愉良还在朝着我笑。

我用靠枕捂住她的脸，将全身的力量都压在了上面。她终于意识到我不是在和她闹着玩儿，开始拼命挣扎起来。但她的力量是如此柔弱，让人不禁心生怜悯。隔着靠垫能隐约听到她咿咿呀呀的求救声。住手！住手！为什么？！为什么？！她一定是在重复这几句话吧。

原本计划通过数数来计算时间，可是我忘了。只要一分半钟，她便会全身瘫软无力，停止反抗。我看着墙上挂钟的秒针，在她彻底没了动静之后仍然继续保持同样的姿势等待了三分钟。

九点五十七分，一切都结束了。我确认了一下，她的脉搏消失了。然后我坐起上半身，深深地叹了一口气。

不对，事情还没有结束，还有一些必须要做的事！我揉了揉僵硬的双臂，仔细确认起刻在脑海里的行动清单。

首先，我得去衣帽间，从愉良用来收纳零碎物品的一个小盒子里取出房间的备用钥匙，塞进自己的钱包。这是必须最先处理的事情。我得让警察相信，这一切都是源于有人看到愉良掉了钥匙，跟踪她，弄清了她的住所后，进行了入室抢劫。

接下来，我要在房间里翻箱倒柜，伪造强盗入室抢劫的现场。对于一个喜欢把东西收拾得整整齐齐、干干净净的人来说，这项工序相当痛苦。我先将衣帽间里的抽屉一个个全部拉开，把里面的东西扔在地板上。戒指、项链之类的首饰则全部收入自己的包里。两大把首饰估计能卖个两百万日元吧。如果是真的强盗，看到这意外的收获肯定欣喜若狂。

愉良的钱包里放着八万两千日元纸币。我向来生活节俭，从不随身携带这么多现金。里面还有许多硬币，应该是她每次付款都使用一万日元整钞的缘故吧。强盗肯定会把钱全都拿走，因此我把这些现金全部转移到了自己钱包里。储蓄卡、信用卡则原封不动地留在了里面。不知道密码，拿了也没用——强盗肯定会这么想。本应该被她弄丢了的那一串钥匙，绝对不能留下！

客厅、卧室也要留下翻箱倒柜的痕迹。我拉开每个抽屉，将手表、手镯之类的物品全都塞进了包里。连愉良曾经抱怨过的镀了金的假货，我也没落下。强盗是分不清真货假货的，他们会拿走所有看上去值钱的东西。

另外还有什么事情必须要做呢？我进来之后，直接用手碰过的东西只有电视机的遥控器而已。那上面留有我的指纹也没什么大碍。警察若向我问话，我就告诉他们我昨天也来过这儿。餐桌以及布艺沙发我都没有用手碰过。OK！

身后传来一阵声响。我还以为是愉良死而复生，站了起来，吓得心头一紧。原来只是塞在单肩挎包里的东西垮塌了下来而已。愉良躺在沙发上一动不动，脸上还盖着靠枕。

现在，终于全都结束了。没有任何证据显示，夕狩正比古于今晚来过这里。我可能有几根头发掉在地上了，但要证明这是凶案当天留下的简直比登天还难。我没去理过发，头发上也没附着任何不明物体，昨天和今天的头发没有任何差别。

最后，我鼓起勇气把靠枕从愉良脸上拿下来，扔在了地上。因为我听说过，熟人作案，通常会用毛巾之类的东西把死者的脸部盖起来。我希望所有的一切看起来都尽可能地像是一起强盗入室抢劫案。

“很好！一切 OK！”我大声地对自己说，然后又慎重地进行了最后一次确认。一切都非常完美。

我重新戴上帽子、眼镜，背上单肩包，将门微微打开。走廊里并没有人，楼梯处也听不见任何脚步声。我看准时机，迅速出门，离开了公寓。

我朝新福岛方向走去，然后在阪神线福岛站坐上了电车，前往香炉园站。平常我很少乘坐这条线。因为节目录制工作，我去过几次香炉园，对那一带算是熟悉。明治、大正时期，那里为度假胜地，建有大型的游乐场。直到大约五十年前，该地还是一片热闹非凡的海水浴场。当年，奥寺玛丽围绕“阪神间现代主义”①这一主题，曾热情洋溢

---

① 1900—1930年，以大阪与神户的中间地带为中心发展起来的近代文化、艺术以及新的生活方式。

地报道过这里，不过，我已记不清具体的内容了。

我在夙川边的长椅上坐了下来。包里塞满了东西：大量的首饰、帽子、眼镜、手套、备用钥匙以及愉良那串失而复得的钥匙。我将它们放进事先准备好的袋子里。为了增加重量，我顺手捡了一块石头也放了进去，然后将袋子口扎紧。接着，我得走到海边，找了个合适的地方，确认四下无人之后，将它扔向漆黑的水面。啊！暴殄天物啊！可这些东西放在身边就如同定时炸弹，扔掉它们，我才能得以解脱。

我沿着夙川返回。这次我选择步行至JR的樱花夙川站，从那儿我坐上开往大阪的慢行车，回到了位于尼崎站的公寓。一路上，我并没有遇上熟人，非常顺利。

一切都按计划顺利完成，没有任何纰漏。

只有一件事是我未曾预想到的：原本以为做了如此离经叛道之事，等着我的将是一个不眠之夜吧。没想到，我刚在床上躺下，眼皮便搭在了一块儿，一觉睡到了天亮。感谢神明，将人类创造得如此容易疲倦。

3

如果有人问我，亲手杀死自己心爱的女人是一种什么样的感觉？那我只能回答：这种感觉特别不可思议，空虚与满足混杂在一块儿，我甚至怀疑自己是否真的动手了。不！我不能逃避现实！这一切确实由我所为。

大费周章，却一无所得。她对我来说极为珍贵，我害怕自己终将失去她，于是决定提前抹杀她，仅此而已。等着我的，当然不可能是褒奖，而是人间地狱。第一重地狱：接受警察的盘问；第二重地狱：经历公司倒闭，卧薪尝胆，东山再起——这两项都任务艰巨。不过，对我来说并不是不可逾越的磨难。如果连这两项都不能摆平，我早就毫不犹豫地抛弃了这仅有一次的生命，强拉愉良殉情去了吧。

第二天，我一边工作一边想着，现在愉良还横躺在沙发上呢。这让我如坐针毡。太可怜了。我原本打算过几天再伪装成毫不知情的样子去她的公寓，饰演尸体的第一发现人，但我改变了主意。

两名经纪人以及公司旗下的艺人都外出工作去了。仲畑趁大家都不在，一个劲儿地问我资金有没有着落，这让我烦躁不已。

“我要出去一会儿。”

“去哪儿？”

“吃中饭，然后去一个熟人那儿。那人原来帮过我，看看他这次能不能给我们一些资金用于周转。”

我找了个借口，离开了公司，前往“幸福生活海老江”。公司资金链断裂，心烦意乱，去女友处寻求安慰，看到的竟是女友的尸体——警方肯定不会怀疑这个故事的真实性，太自然了。

没什么食欲，但是空着肚子和警方较量绝不是上策。我吃了一碗牛肉盖饭，简单地打发了午餐，然后乘坐电车前往海老江。

我走出车站后立马给愉良打了一个电话。我当然知道这个电话是没法接通的。这只是为了制造一种假象，即我去愉良那儿之前，试图打电话通知她一声。不得不说，我想得真周到呀。不过，俗话说：凡事有度，过犹不及。我必须得小心，要是画蛇添足，反倒弄巧成拙就糟了。

“沉浸于角色，本色出演！”我常用这句话教导新人演员，今天把它送给自己。

我走进了公寓大门。从电梯旁边、与昨天不同的一侧的楼梯，上到了二楼。我来愉良这里，向来不乘坐电梯。我站在了 201 室的门前，紧张不已。奶白色的房门仿佛是一扇命运之门。

我按响了门铃对讲机，但无人应答，于是我试着将钥匙插入了锁孔。我曾叮嘱她要换新锁，以为旧钥匙应该不起作用了，没想到，门一下子就被打开了，当时我便有了一种不祥的预感。

向警察说明的时候，就这么开头吧。接下来：

我进屋一看，房间一片狼藉，而她则躺在沙发上一动不动。我慌忙跑到她身边，发现她已经死了。我脑子一片空白，即刻拨打了 110 和 119。

我踏入客厅。房间里的一切都保持着昨晚的样子，愉良看上去就像是在慵懒地睡着午觉。然而，当我一步步走近，随着视角的变化，她的脸呈现在我的眼前。窒息死亡导致她脸上发紫且浮肿。眼前的这个景象明明是我亲手所为，但我却不敢直视，害怕得直往后退。我靠在门上，先拨打 110 报了警，紧接着又拨打了 119。

——你碰了现场的东西吗？没有，我只碰了门铃对讲机和门的把手。报警之后，我一直在屋外等着。

警车到来之前，我一直在脑海中练习待会儿要如何应对警察的盘问。

仅三分钟，两名派出所的巡警便赶了过来。五分钟后，福岛警署的刑警也到场了。现场顿时包裹在了紧张的凶杀案氛围之中，我已被敌人团团包围。我是第一发现人，同时也是死者的男友，说不定已经有家伙在怀疑我了。但我并没有因此而胆怯畏惧，反而斗志昂扬。回答警察的提问时，我的声音也许会和平常不太一样，但这一点并不用在意。我亲眼看见了女友惨死的尸体，举止表现得有些不正常，也是情有可原的。

刑警们要在客厅进行现场勘查工作，他们让我去卧室待着，那里他们已经勘查完毕。我瘫坐在双人床上，一名浓眉刑警向我盘问起来。他首先问了我的身份以及与被害人的关系，然后是发现尸体的经过。这些问题，我都能毫不犹豫地回答上，这让我冷静了下来。

又过了二十分钟左右，大阪府警察总部刑侦一科的刑警们赶到了现场，这才是主力部队。首先来的是一位戴着眼镜看上去非常沉稳的中年刑警，他走到我跟前，自我介绍说他叫鲛山，并简短地向我表示了哀悼。我一边诚恳地向他表示感谢，一边透过门缝偷瞄客厅的状况。光着头挺着啤酒肚的刑警应该是头头儿，另外还有一看便知是刑警的人、穿着白夹克没一点刑警样子的人、年轻的俊男刑警、女性刑警等，形形色色，真是一个多样化的阵容。

其中那位年轻的俊男刑警也走进了卧室，然后将门关上。终于到了正式接受警察盘问的时候了。首先我们交换了名片。后面进来的那位“俊男刑警”名叫森下。

“夕狩正比谷先生，你是娱乐经纪公司的老板啊。公司地址位于南森町。”鲛山接过名片仔细看了看，然后把它放进了衣服口袋里，“死者是什么人？和你是什么关系？”

这个问题，我刚才已经回答过了。同样的问题，待会儿还会被问到吧。我得保持统一的回答。

“柄泽愉良，是和我关系亲密的女性。”

“是你的女友吗？”

“是的。这套房子的所有人是我，我让她住在这儿的。房间里有我的换洗衣物、牙刷等。我每周来这儿两到三次，经常在这里过夜，但我们并没有同居。”

“柄泽小姐的年龄、职业呢？”

“二十三岁，无业，生活费由我提供给她。”

森下一边做着笔记，一边观察我的神色。这张脸，他再怎么看，也不可能有任何发现。

“你们在哪儿认识的？”

“两年前的一个秋天，那时她在一家品牌女装店工作。我朝她搭讪，问她有没有兴趣来演艺圈发展。我并不是找借口接近她，只是单纯地想把她培养成一名艺人。我当时觉得这个女孩是块美玉，稍加打磨一定会放出奇光异彩。”

听起来还挺像那么回事吧。我还没开始撒谎呢。

“她回答我，有兴趣。于是我让她进了我的娱乐公司。我当时想着让她从模特做起，在培养她的过程中……”

作为娱乐公司的老板绝不能染指旗下艺人。关于这一点，我再清楚不过，可我却深深地爱上了她。我无法控制自己对她的爱恋，于是向她告白，没想到愉良欣然答应了。我开心得都快要飘上天了。直到现在，我还清楚地记得那天的每一个细节。

那天，愉良对我说：“稍微上了几次课，我就明白了，自己根本不是当模特的料。我对自己很了解，笨笨的，不会唱歌，不会跳舞，演技也差得一塌糊涂，怎么可能成为艺人呢？我这么没用，你也愿意让我待在你身边吗？”

“你们有结婚的打算吗？”

“她说并不打算在二十五岁之前结婚，我尊重她的想法。在我心里，总有一天我一定要娶她为妻。”

这话也是千真万确。仔细想来，我只需撒两个谎。

“你们相处得好吗？”

“嗯，几乎没有吵过架。我们很幸福。”

和愉良一起度过的快乐时光在我的脑海里一一闪现。不觉间，我的眼角噙满了泪水。

“看一眼这房子就能知道柄泽小姐的生活相当优越。”

“她喜欢购物。对她，我一直都是有求必应。大概是因为我们年龄相差很大，我喜欢她依赖我。”

“夕狩先生，年龄大小只是一方面，关键是你有这个财力啊。这可不是有这份心就能做到的。”

“其实我公司经营状况不太好，我只是没告诉她而已。我也不知道，她这无忧无虑的生活我还能维持多久。”

我稍微提了一嘴公司的经营状况。关于公司濒临倒闭一事，警方一查便知。俗话说，“金钱耗尽，缘分两清”。如果我刻意隐瞒，说不准警方会怀疑是愉良向我提出分手，我一时恼怒，对她痛下毒手。过分强调我俩关系和睦，并不能洗清我的犯罪嫌疑，反而有可能引起警方的怀疑。

所以，我才将现场伪装成强盗入室抢劫行凶。即便警方将我锁定为嫌疑人，他们也难以彻底推翻强盗入室行凶的可能性。

“哪些人有这个房子的钥匙？”

“除了愉良，就只有我了。”机会来了！“关于这个，我想到一点。前天，愉良打电话来公司，说她在心斋桥逛街时把钥匙给弄丢了。没了钥匙，她进不了家门，于是我把钥匙送了过来……”

在这儿，我将撒第一个谎。我要隐瞒愉良在包里找到了钥匙一事，让警方认为钥匙丢了，并未找回来。

“我和她说，这样太危险了，让她换锁。事实上，她并没有换……那天，我没住在这儿，而是回自己的公寓了。事到如今，我恨死自己了。我应该叮嘱她，或者自己找人来把锁换了。”

“夕狩先生，你住在哪里？”

“尼崎的一所公寓里。”

警方向我打听公寓的具体位置，我如实回答：尼崎位于东西线的终点站，海老江则在我公寓和公司的中间位置。

“你是用自己的钥匙进来的吧？你怎么没把这把钥匙给柄泽小姐呢？”

“因为这个房子里还有一把备用钥匙。……我刚才用自己的钥匙打开了房门，顿时就有一种不祥的预感了。”

“钥匙大概丢失在了心斋桥一带的什么位置？柄泽小姐说起过吗？”

“她说不知道。她还说，她去了警察岗亭，询问有没有人把捡到的钥匙送来。”

“你知道是哪个岗亭吗？”

“对不起，我不知道。”

“没事，这边一查便知。柄泽小姐肯定觉得自己是在那个岗亭附近丢了钥匙吧。”

岗亭的巡警可以证实我的话，坂井和琳娜当时也听到了电话那头愉良的声音。

“看上去确实像是捡到钥匙的人破门而入，行凶杀人。可是弄丢的钥匙上并不会写着姓名、住址啊。”

“是的，那是当然。”

“那也就是说，凶手目睹了柄泽小姐弄丢钥匙的过程，并一路跟踪她，直到她回到家中。前天你来这里的时候，有没有注意到什么可疑的人？”

我装模作样地思考了片刻。

“没有，我并没有看到可疑的人物。会不会是那家伙躲在什么地方暗中观察我们呢？”

“有可能。”

我双手抱头。这个动作非常符合现在的场景，但这并非演技，而是我的头真的痛了起来。不仅仅因为昨天的事，一周以来我都在为公司资金东奔西走，身体已经不堪重荷，向我发出了悲鸣。

“你的脸色看起来不太好，哪里不舒服吗？”森下关心地问道。

我向他哭诉：“我头好痛，感觉很难受。我可以休息一会儿吗？”

“糟糕，该不会是病了吧。你躺一会儿好了。”

鲛山和森下走出了房间。我在曾经和愉良翻云覆雨的床上躺了下来。门外传来刑警们走动的声响。我竖起耳朵，仔细聆听他们的一举一动，却不知何时沉沉地睡了过去。

4

醒来后我看了一眼手表，两点二十六分。看来我睡了十五分钟。警察正在勘查案发现场，而我作为此案的真凶居然能在一墙之隔的房间里睡着。我不禁佩服起自己来。

森下敲了敲房门，把头探了进来。我从床上坐起，说道："我已经没事了。"

"我们可以继续向您问话吗？"

"可以，请尽管问。"

"另外有两个人也会一同在场，希望您能同意。"

我一下子没明白他的意思。听他解释后才知道，原来是一位协助警方侦破案件的犯罪学专家和一位小说家将同时参与警察对我的问询。听起来这两个人像是警方的顾问。但如此一来，警方对当事人隐私的保密工作不会有什么问题吗？我直言不讳地表示了自己的担忧。森下耐心地向我解释，这两人至今已侦破了多起凶杀案件，深受警方的信任。于是我同意了。同时也因为我很好奇，犯罪学专家和小说家——

据说是推理小说家，他们将如何协助警方侦破案件呢？

三人从隔壁房间搬来了椅子，坐在我面前，再次向我盘问起来。由于新加入了两名顾问，我只能将之前说过的话又从头到尾重复了一遍。

犯罪学专家名叫火村英生，据说是京都英都大学社会学专业的副教授，看上去才三十出头。年纪轻轻就当上了副教授，作为一名学者他应该相当优秀吧。然而，他的外表与我想象中的大学教授形象不太一致。他套着白色夹克，穿着蓝色细条纹衬衫，领带系得松松垮垮的。他那紧绷的脸、冷酷的眼神甚至让我联想到危险的赌徒。

推理小说家名叫有栖川有栖。这名字不像是真名，我猜应该是笔名吧。年纪好像和火村英生相差无几。他穿着枯叶色 POLO 衫和米黄色夹克，浑身散发出自由职业者的气息。综艺节目的编剧中也经常看到这样的男性。比起火村，他的眼神柔和许多，给人的第一印象是人畜无害。

森下负责向我提问，两位顾问则只是默默地听着。这哪谈得上是什么顾问，只能算是场外观察员吧。

警方推断的死亡时间首次出现在了话题里。据验尸人员判断，死亡时间应该是昨晚的九点至十二点之间。森下向我询问，在这个时间段，我在什么地方做了什么。

“我猜到你们会问我这个问题。很可惜。我没有不在场证明。十点多，我回到位于尼崎的公寓，然后一直一个人待在家里，没有人可以替我做证。”

这是第二个谎。我坦言自己没有不在场证明。然而，森下只是点了点头，丝毫没有对我起疑心。

“等一会儿还得请你去每个房间查看一下，看看少了些什么，或是有什么地方和前天你过来的时候不一样了。这对你来说，可能太残忍了些……”

“好的。不过，愉良特别爱买东西，我也不清楚她到底有哪些东西、有多少。这点还请你们理解。”

“明白了。火村教授，你有别的问题吗？”森下问道。

犯罪学专家终于开口了。我寻思着，他的提问应该相当尖锐吧。没想到……

“中饭过后，你立马到这儿来了。那你中饭吃了什么呀？”

他是在愚弄我吗？

“在公司附近吃了一碗牛肉盖饭……不好意思，你为什么问这个？是性格诊断测试吗？”

“不是啦，只是想让你放松一下心情，随便聊聊而已。”

“哦……”

我才不需要你帮我放松心情呢！

“现场的种种迹象确实表明，强盗使用了柄泽小姐丢失的钥匙才得以入室，但也无法否定其他的可能性。最近，柄泽小姐身边有发生什么特别的事情吗？”

“……没，没什么特别的。”

“有没有人对她怀恨在心？”

“没啊，我觉得没有。她交友范围很窄，没什么关系要好的朋友，自然也没有吵架的对象。”

“她要是有什么烦恼，一定会找你商量吧？”

“嗯，她肯定会告诉我的。”

“因为你而产生的烦恼呢？”

这教授提出的问题真是毫不顾忌对方的感受。看得出他干劲十足，可惜不够聪明。如果我是凶手——事实确实如此，即便我和愉良之间有很深的矛盾，我也绝不可能和你实话实说啊。

“完全没有。”我很肯定地回答。关于这一点，我并没有说谎。

“柄泽小姐似乎特别喜爱名牌，衣橱里挂着的衣服看上去都价格不菲。鞋、包都是些连我都知道的世界名牌。”

“这是她唯一的兴趣爱好。比起质量的好坏，她更看重品牌。也许有人会觉得她轻薄、虚荣，可收集这些就是她的幸福。”

“那看着她开开心心的样子就是夕狩先生你的幸福喽？”

“的确如此。能让自己心爱的女人享尽奢华，这种感觉非常好。对此，我从没有半点不满。这女人利用我对她的感情，乱花我的钱——这种想法从未在我脑子里闪现过。”

“真是‘男人中的典范’啊。我这话是站在女性的角度来说的……”作家开口道。

这简直是毫无作用的废话。犯罪学专家则继续没礼貌地向我提问：

“你对她那么好，我想她肯定不会背叛你。不过，柄泽小姐有关系亲密的男性朋友吗？”

“这怎么可能，没有吧。我觉得我并不是一个迟钝的人，如果有，愉良肯定会在态度上表现出来的。她非常天真，心里想的全都写在了脸上。你要是怀疑的话，彻底查查便知道了。”

犯罪学专家似乎没了新的问题。森下让我去察看各个房间。我告诉警方，家里的珠宝首饰全被拿走了。

“你能列一个清单吗？”森下翻开笔记本，对我说道。

“这太困难了。愉良有很多珠宝首饰，我记不清。”我回复道，“通过收据以及刷卡单，也许可以知道其中的一部分，这些我都让愉良收好了……”

“为了拿来作为公司的经费报销吗？没事，我们不是来调查你公司税务状况的，不会对此追究你的责任。”

“是的。娱乐经纪公司嘛，有些可以作为艺人的服装开销来报账，所以……”

这种做法确实不合规。不过即便是“男人中的典范”，也会耍些上不了台面的小伎俩吧。更何况眼下公司经营困难。

“柄泽小姐是否参与过赌博呢？”

火村问的问题真是奇怪。

“没有，完全没有。”

“衣帽间的一个小抽屉里放着十张彩票，所以我冒昧地问一下而已。”

“家里怎么会有彩票呢？”

“全都是背面朝上放着，估计您没注意到吧。”

我看漏掉了。不过，十张彩票说明不了什么问题吧。“可能是她一时心血来潮买的吧。据我所知，柏青哥[①]啊、赌马啊什么的，她都非常讨厌。”

“这个案子的凶手是一位非常理性的现实主义者啊。”小说家对火村说道。我正纳闷儿这话是什么意思，只听他继续说道：“银行存折、银行卡之类的东西，他看都没看一眼。这倒也能理解，这些东西要是没处理好，立马会被警方盯上。但是彩票，他完全可以顺手牵羊地拿走啊。”

他说的不无道理。但是区区十张彩票留在了现场算不上什么纰漏。

“只有你才会幻想着，这些彩票说不定能中奖吧。本案的凶手可不会做这种梦。”

当着死者男友的面，这两个人像说相声似的你一言我一语。居然找这样的人来当顾问，我真怀疑大阪府刑警的眼光。

“他很现实，同时也很有素质哦。明明是来抢劫的，却脱了鞋才进屋。”

---

① 柏青哥（パチンコ）是日本流行的一种赌博弹珠机。

这话让我浑身一颤。的确如此！推理小说家都觉着奇怪了，刑警们肯定也是同样的想法吧。我明显失策了。

刑警们相互在窃窃私语着什么。我有些慌了。我感到刑警们已经普遍开始怀疑“强盗作案”一说了。

“不仅如此，还有一个地方也很可疑。”

与此同时，火村还来了这么一句。我刚想问他此话怎讲。他突然转过身，背对着我，朝鲛山那边走去。

“还有一个可疑的地方是指……”

我向小说家问道。但他回答我，他也不甚清楚。他有可能只是在装糊涂吧。即使“强盗作案”不成立，也没有任何物证显示我就是凶手。绝对！一定！不存在！我在心中像喊口号般地反复默念：没有证据！没有证据！渐渐地我终于重新镇定了下来。

火村和鲛山简短地交谈了几句后，走了回来。“需要你配合的现场勘查工作已经完成了，暂时也没其他特别的事了，我们去外面透透气吧。”

这个提议真是求之不得！我感觉自己快要窒息了。我夹在火村和有栖川两人中间，走出了 201 室。明明是阴天，可我却觉得天空格外耀眼。

“我知道一家咖啡店，咖啡好喝，也适合坐下来慢慢聊。就在那个路口转过去……”

还没等我说完，火村立马说道：“我们就去那里吧。”

这家咖啡店的老板对自家咖啡的味道非常自信，特调拼配咖啡定价高达七百日元一杯。拜这个价格所赐，店内总是冷冷清清的。这家店最近才开张，我也只去过一回，老板自然不会认出我是“杀人事件公寓”的居民，并对我充满好奇。

店内播放着一首忧郁的蓝调曲*Round Midnight*，好像是迈尔斯・戴维斯演奏的。我们在店内的一个角落坐下，一块儿喝起了咖啡。我感到非常疲劳，于是往咖啡里加了许多糖。

“你们是和警察一起过来的吧？你俩平常都在大阪府警察总部待命吗？”

对于我的提问，火村摇了摇头。原来他们两人都是因为其他事情去了警察总部，刚巧有人报案，就和赶往现场的刑警们一起过来了。

“迄今为止，你们帮助警方破了不少案子吧。”

“警方要求我们协助办案，算是帮了一些小忙吧。”

“教授，你太谦虚了。刚才看到你在现场的一举一动，那专业的样子简直就是一名资深刑警嘛。”

我非常在意刚才他所说的可疑之处，于是直言不讳地向火村问道。只见火村看着自己的钱包，眉头紧锁，他朝着身旁的作家问道：“有一千日元的纸币吗？”当作家告知他手头没有时，他毫不掩饰自己的不快。

“怎么了？”

“我想买包烟，可是只有一张这样的一千日元。”

火村向我展示了他皱巴巴的纸币，我将手头平整的纸币换给了他。他接过钱，谢过我，然后立马站了起来，匆匆离开了座位。

“失礼了。他是个烟鬼，没烟活不了。”

作家向我道歉。看来这两人关系并不一般。我问了问，原来他俩从大学时代起就认识了。两人真是默契得很，都靠解决杀人事件为生，只不过一个是现实生活中的，一个是虚拟世界里的。

“夕狩先生，你公司旗下有多少艺人？”有栖川出于作家的本能对娱乐公司兴趣盎然。

“七个人，是个小公司。除了我以外，工作人员只有三个：两个经纪人和一个办公室负责人。”

“办公室负责人是干什么的？”

“在公司接接电话，管理整个公司的账目。”

“有些娱乐公司规模非常大呢。”

“有些公司光是群众演员，就有上百号人。大型公司还会专门设立艺人培训机构。不过，即便如此，和东京的娱乐公司相比，这也只能算是小规模的了。”

我向他提及，奥寺玛丽原来也是我公司旗下的艺人。他淡淡地说了一声：“哦，我知道她。”不管曾经还是现在，我公司旗下的艺人里，他知道的估计也就只有奥寺玛丽一人了。

火村大概找了好一会儿自动售烟机，过了十分钟，他才回来。看着他美美地抽着骆驼牌香烟，我向他问道：“可疑的地方是指？”

“房间里没有钥匙。”

这有什么可疑？我完全没有理解他的意思。

“凶手使用捡来的钥匙闯进了房间。行凶之后，他将门锁上，逃之夭夭。但是，从前天晚上开始，柄泽小姐使用的是备用钥匙。那么，那把备用钥匙去哪儿了？它并不在现场，这就是我一直想不通的地方。”

我真是个大草包！我应该把她失而复得的那一串钥匙拿走，同时把备用钥匙塞进她的包里。

“原来……如此。确实奇怪。那么这意味着……”我故作镇定，问道。

“是个谜。我怎么也想不通凶手为什么要这么做。”

“备用钥匙对凶手来说是一个威胁？”作家说道。

“什么威胁？你说说看。”

“这也只是我的想象。比如说，上面附着了凶手的血迹，所以必须把它拿走。”

“只在一把小小的钥匙上留下了血迹？太不现实了。你还能说点儿靠谱的吗？”

关系非同一般的朋友之间才会这么互相拌嘴吧。

“柄泽小姐的钥匙落在了地上，凶手看到后，以为是自己落下的，于是把两把钥匙都带走了。这个怎么样？”

“这种事概率很小，不过也不是完全没有可能。”

刚才我还为自己的失误慌了神，不过听着他俩的对话，我渐渐安心起来。我感觉自己就像智力竞赛节目的主持人，只有我知道正确答案，真是太有意思了。手握真相，旁观他人傻傻地推理解谜，这比剧情俗套的喜剧片有趣多了。

“不好意思，作为外行人，我插一句。凶手为什么将‘钥匙’拿走，这应该是解开整个事件谜团的一个‘关键’。不好意思。这个双关语比较低级。[①]”我气定神闲，并试图让他们的推理离真相越来越远。我真是一个心术不正的坏主持人。

“凶手会不会是个女人？”小说家突然说道。

“为什么这么说？”我问道。

“理由有两点。第一，凶手拿走的基本都是珠宝首饰以及手表之类的物品。那些东西倒卖起来比较困难，就算拿到黑市上也卖不出很高的价格。凶手挑的尽是一些自己能用，并且体积小、重量轻的东西。从这一点，我怀疑凶手是个女人。第二点……当着夕狩先生的面，有些难以启齿……柄泽小姐并没有受到性侵。”

“仅凭这两点，你就推断这起案子不是男人所为吗？”

“如果凶手是男人，那他为什么选择晚上九点到十二点作案呢？你们不觉得奇怪吗？这个时间段，房子主人在家的可能性最大。如果换成我，肯定会在白天确认主人不在家后，再偷偷潜入。”

① 日语中，“钥匙（かぎ）”与“关键（かぎ）”发音相同。

此话有理。

“但是，凶手特地选择晚上闯入，仿佛是看准了这个时间柄泽小姐一定在家。如果凶手的目的是满足性需求，那倒可以理解。然而，事实并非如此。因此，凶手得是个女人，这一切才能说得通。”

“或许他不小心失手杀死了柄泽小姐，惊慌失措之下，便放弃了最初想要性侵对方的目的。”犯罪学专家说道，“再说了，就算凶手是个女人，她也没必要非得在晚上行动啊。”

“……这倒也是。”

看来作案的时间段有点儿不太自然啊。我疏忽了好几处细节，这让我紧张得直冒冷汗。不过无论哪个细节都不能直接说明我就是凶手。另外，我已经确信，这两位大阪府刑警请来的救兵也没多大能耐。

他们是为了套我的话才约我出来的吧。可火村几乎不怎么向我提问。估计他是想不到该问什么了吧。只不过，他时不时会向我投来冰冷的目光，这令我有些不快。

5

我和愉良相识两年，一直以来都让她过得非常幸福，只让她在人生最后的几分钟感到了痛苦恐惧。愉良，原谅我。

我这么想着，耳边却响起了另一个声音：

你狠心夺走了我的未来，居然还好意思请求我的原谅，简直比我还任性啊。

我无言以对。

也许我爱着她，同时也恨她。我微笑着看她肆无忌惮地挥金如土，但或许在内心深处还有另一个我一直想要惩罚她吧。

我出生在关东平原的穷乡僻壤，父亲没有稳定的工作，我从小跟着他四处漂泊，居无定所。家里太穷，我从小到大没收到过一次压岁钱。记忆中，我的童年就是站在商店的橱窗外盯着自己想要的东西度过的。玩具机器人、花式蛋糕、棒球棍、棒球手套、游戏、电吉他、流行服饰……所有的一切，我都只能眼巴巴地看着。摆在橱窗里的商品对我来说是一种可望而不可即的存在。每个橱窗都那么光彩夺目，就像是被施上了无法解除的咒语。

曾经有一样东西让我朝思暮想，那是一把浅黄色光泽亮丽的芬达[1]牌斯特拉托卡斯特电吉他，标价为三万五千日元。年仅十六岁的我只能望而生叹。我捡来一把木吉他拼命练习，同时幻想着有一天能发生奇迹——乐器店的老板看到我渴望的眼神，将那把吉他送给了我。

我曾经还做过一个奇怪的梦：明明是大白天，马路上却空无一人。我挥舞着那把电吉他，一家接着一家，把镇上所有商店的橱窗统统砸碎。我大声嘶吼着，看着玻璃散落一地。这真是一个相当暴力的梦。由于这段记忆，直到如今，每每经过乐器店门口，我总会感到莫名的难受。

大学毕业之后我来到大阪。我一直觉得自己与金钱无缘，万万没想到努力得到了回报。二十八岁起我时来运转。也许是我的讨好型人格刚好适合这份工作，一时间我的年收入甚至多达五千万日元。可是，在金钱方面，我可以为他人一掷千金，对自己却一毛不拔。这是我的天性所致，还有一部分原因，应当是对曾经那个身无分文的自己感到愧疚吧。

我为什么要对愉良痛下毒手？关于这个问题，我现在也找不到答案。是因为她毫无自立能力，我害怕她受到坏男人的欺骗吗？并非如此。在遇见我之前，愉良一个人活得好好的。

---

① 芬达（全称Fender Musical Instruments Corporation）是一个著名的吉他品牌。国内也会音译为“芬德”。

因为不想失去她吗？我过于抑制自己的物质欲望，以至于对任何东西都清心寡欲。就在这时，她来到了我的身边。她对我来说太重要了，我害怕失去她，所以才失去了理智吧。

这和我曾经梦到自己砸碎商店橱窗一样，一股莫名的冲动捕获了我，它让我残忍地杀害了愉良。只不过这次不再是梦境，而是现实，一切已无法挽回。

我并不恨她。她从不主动要求我买这买那。因为我对她说，你想买什么都行，这她只是在努力地回应我对她的爱吧。

后悔的滋味真是太苦涩了。但我不能被警察抓了。即使我被捕了，愉良也不会回来的。

好几个人同时上楼的脚步声传来，刑警们登门的时间到了。其他人都回去了，公司里只剩下我一个人。

森下、名叫高柳什么的女刑警以及火村和有栖川，他们四人出现在了我的眼前。他们各个表情严肃，调查取证工作进展得相当不顺利吧。今天是愉良死去的第三天。

我邀请他们就座，可没一个人打算坐下。于是，我也只好陪他们一块儿站着。

“你欺骗了我们。”森下开口的第一句话着实让我吓了一跳。我的哪条谎言被揭穿了？

“柄泽小姐并没有弄丢钥匙。她以为弄丢了，折腾了一番，但最后在她的包里找到了，钥匙钻进了纸巾包装袋里。你别试图蒙混过去，我们有证人。”

森下说得就像是亲眼所见似的，我无言以对。难道那天晚上我们的对话被谁偷听了吗？

高柳拿出一张纸片，是某样东西的复印件。

“夕狩先生，你将钥匙送去的第二天，柄泽小姐去了一趟心斋桥，买了这个。前一天，她忘买的爱马仕活页纸，价格为八千六百四十日元。她用现金支付的。这是留在她钱包里的小票的复印件。”

活页纸是指活页记事本的替换内芯吧。愉良这家伙哪有什么事情需要记录规划，她只是喜欢带着名牌 logo 的记事本而已。为了这东西，她居然特地跑一趟，可真闲哪。

“买这个的时候，她和店员说，‘昨天，我以为把钥匙弄丢了，瞎折腾了一番，结果……’。在店内和熟悉的店员聊聊天也是购物的一大乐趣。”

可能这女刑警就是看准了这点，特地去店里进行了调查取证。

“是吗？但我并没有听她提起过已经找到了钥匙。”

愉良应该没和店员说，找到钥匙后，她和男朋友一起哈哈大笑。我只能赌一把了。不出所料，高柳并没有否定我。

“夕狩先生，你现在是犯罪嫌疑人了。”森下说道，“柄泽小姐没有弄丢钥匙的话，那除了被害人，在这世上持有房间钥匙的就只有你了。”

糟了！好在还不致命。

“你说得没错。可是，单是因为持有钥匙，就被你们怀疑成凶手，这有些过分吧。专业小偷不需要钥匙，使用特殊的工具就能把门打开，不是吗？也或许是愉良自己引狼入室。”

“你想说是熟人作案吗？”

“对。或者凶手花言巧语地让愉良开了门，这种可能性也是有的。”

“那她也太不小心了。”

森下噘着嘴有些不服气，可他也没法否认这些可能性。我和刑警们玩起了“捉迷藏”。

“你最后一次见到柄泽小姐是在凶案发生的前夜，这点没错吧？”火村说道。

关于这一点已经覆水难收，我只能回答道：“是的。”

“你说谎。”

他胸有成竹的样子激怒了我。

“你这个人真不礼貌。我哪句话说谎了？”

“你可以装傻，但我们手上有证据。”

证据？难道我被监控拍到了吗？不对！我很小心地避开了监控，而且还适当地乔装了一番。他们手头里不可能有监控拍下的证据。

火村接过高柳手中的小票复印件，说道：“这上面显示，柄泽小姐是用现金支付的。她拿了一张万元整钞，店员找给她一千三百六十日元。她把零钱收进钱包，回家后被人杀害。虽然现场看上去确实像强盗入室行凶，但疑点较多，例如作案时间以及凶手脱鞋进屋等。所以，我从一开始就怀疑，凶手为了混淆警方视听，故意伪造了现场。”

哦？是吗？那又怎么样呢？

“为了伪造成强盗入室行凶，凶手把价格不菲的珠宝首饰全都拿走了，并从被害人钱包里抽走了现金。珠宝首饰留在手上非常危险，所以他肯定立马把它们销毁了。那么，现金他会怎么处理呢？现金不用担心被追根溯源。所以凶手会把现金放在身上，当作自己的钱在用。”

我第一次感到情况有些不妙，难道我在什么东西上栽了跟头吗？

“你与死者关系亲密，并且是尸体的第一发现人，因此我从一开始就把你锁定为犯罪嫌疑人。我心想，也许就是这个男人伪造了现场，杀害了自己的女友。如果我的猜测没错的话，死者钱包里的所有纸币和硬币都已经转移到你的钱包里了吧。”

我心头一紧。原来如此！所以火村才拜托我和他换一张一千日元的纸币啊。为此他还特地事先弄皱了自己的纸币。

“你上下班用的是月票，午饭是牛肉盖饭，只需要一枚五百日元的硬币便能支付。如果你是凶手，钱包里会有很多硬币，从死者钱包里抽过来的千元纸币很大概率还没有被用掉。当我找人换纸币的时候，没想到你为了方便我使用自动售烟机，立马掏出了一张崭新的千元纸币给我。你真是太热心肠了。这张钱正是我想要调查的东西，因为我在案发现场看过这张购物小票。”

我还是没有明白他的意思，但感到自己已被推到了悬崖的边缘。我将视线移向作家，他正用怜悯的眼神看着我。

“你换给我的钱，我没有用来买烟，而是立刻交给了鲛山警部补，请他拿去提取上面的指纹。除了我们两人，你觉得那张纸币上面还沾了谁的指纹？一个是柄泽愉良小姐，另一个，就是将记事本活页纸卖给柄泽小姐的那位店员。四种指纹沾在了同一张千元纸币上，这说明了什么，你应该能理解吧。”

听到这里，我茅塞顿开。也许我的表情还是一副不甚理解的样子，女刑警向我解释道：

“那种高档的商店，只用新纸币来找零。夕狩先生不幸的地方就在于此。”

商店里提供的一千日元纸币，先是交到了愉良手上，然后又从愉良那里转移到了我手上，最后我又把它传递给了火村。只可能是这一种情况。我的第二个谎言——案发时不在现场，已经不攻自破了。

火村拿出皱巴巴的一千日元纸币询问时，有栖川先说了他没有。假如小说家当时拿出一张崭新的纸币，事情就不会按火村的计划进展了。小说家的回答，肯定也是他们事先商量好的。这两人真是太可恶了。我再怎么小心警惕，也识破不了他们的完美配合。

火村美滋滋地抽着烟时，我就应该怀疑了，骆驼牌香烟并不是一般的自动售烟机上能买到的品牌。不过即便怀疑，也为时已晚，无力回天了。

我试图思考自己是否还有狡辩的余地，不过很快放弃了。火村头脑清晰，狡猾机智，简直就是一个怪物。我已经没有精力与这个男人为敌了。我唯一能做的，只有承认自己的失败。

“我们从仲畑先生那里听说了，你的公司经营恶化，濒临破产。”小说家说道，“你无法忍受柄泽小姐离你而去，对吗？”

我自己也说不清究竟是出于怎样的心理才对愉良痛下毒手，但还是点了点头。他们可以把这个动作看成我招认了。

“你有很多次机会可以改变主意的……”小说家一脸遗憾。此事明明和他毫不相干。

犯罪学专家则面无表情，沉默不语。他既没有表现出对我的同情或蔑视，也没有表现出猎人捕获猎物后的喜悦，只是冷冷地注视着我。我看着他，突然一种从未感受过的恐惧朝我袭来。

如果问这个男人“你想要的到底是什么”，一定会得到一个非同一般的回答。这个回答一定远远超越了“什么也不想要”，让人捉摸不透。

小说家刚才说“你有很多次机会可以改变主意的”，而火村心里想的应该是别的东西吧。比如，你明明有机会可以实现完美犯罪的……

我的耳朵里出现了幻听。那是火村英生的声音。

——你若是在愉良以为自己弄丢钥匙的那天动手就好了。可惜，你下手晚了一天。

涛声理发店

责任编辑片桐打电话向我询问，最近进展如何。真是感激不尽啊，作为小说家能有人来向自己催稿，说明我的作品还算有市场。

“文思泉涌……我希望有一天我能用上这个词。”

片桐从我以作家身份出道以来一直和我搭档。他听到我这丧气话，立马回应道：

“是呀，我也希望有一天能听到有栖川先生自信满满地这么回答。是因为故事框架定不下来而烦恼吗？”

我脑子里并非没有点子，只是在纠结怎么把它们串联起来才好。作为一名小说家，我初出茅庐就如此不顺，前途岂不一片黑暗？如果我要执笔到七十岁，那还有三十六年之久呢。

“你整天待在公寓闭门不出才会没有思路吧。试试去外面，寻求一点新鲜的刺激怎么样？离开大阪，去别的城市走走或许也是个不错的选择。”

稿费到手了，我就去——我刚想这么说，又把这话憋了回去。为了赚取旅游的经费，我得先把作品写出来才行。

我向他保证将夜以继日地赶稿，然后挂断了电话，靠在沙发上。出去旅游就算了吧，呼吸一下外面的新鲜空气倒是不错。于是我决定散个步，顺便去附近的咖啡店坐坐……不，还是去剪个头发吧。

头发长长了不少，而且理发店老板和我挺熟的，我还曾经在与他闲聊的过程中收获了写作的素材。干脆写一部以理发店为舞台的推理小说吧。一边让别人给我刮胡子，一边构思凶杀案，这说不定非常刺激，别有风味。

我虽然作了决定，但并没有立即动身，而是在思考哪些小说中出现过理发店。脑海里最先蹦出来的是志贺直哉的《剃刀》。这可是一部经典之作。如果由我来编纂一本理发店小说选集，必定将之收录其中。还有森村诚一的《杀意的发型》也必须得收录。这两部作品都是基于理发师将剃刀放在自己喉咙上而产生的不安和恐惧进行创作的。另外，大泉黑石的古装小说《曾吕利新左卫门》也有异曲同工之妙。每个去理发的人内心深处都会有一丝把生命交给陌生人的恐惧。

并不只有客人会感觉恐惧。恐怖小说大师理查德·麦瑟森在其微型小说《理发》中塑造了一位诡异的客人，反让拿着剪子和剃刀的理发师不寒而栗。

推理小说的话，有 G.K. 切斯特顿的《沃德里失踪之谜》。这是布朗神父探案系列中的一部作品。故事中领主的尸体在河岸边被发现，其死状怪异，喉咙被割断却仍然保持着微笑。从这部作品中还能了解到一个小知识——以前，英国的烟草店兼做理发店。而爱德华·霍克的《投票间谜案》讲述的则是临时被征用为选举投票场地的理发店里发生的密室杀人案，因此这篇不能算是理发店小说。

只有五部作品，这样可成不了一本小说选集。要不将式亭三马的《浮世床》[1]以及言及理发店的落语《崇德院》也收录进去吧，这两部作品可以让读者放松一下。《手忙脚乱理发店》属于童谣，不能收录。歌剧《塞维利亚的理发师》原作是戏曲……我感觉自己似乎忘了一部非常重要的文学作品，不过肯定不是希腊神话里那个长着驴耳朵的国王的故事……

电话铃响了。我接起来一听，原来是火村英生。他是趁着课间从英都大学的研究室打过来的。火村经常协助警方的刑侦调查工作，他称之为“实地考察”，我也时常同他一起，当他的半个助手。我以为他打电话来又是叫我去凶案现场，没想到完全猜错了。

“我记得你上次说过，你的责任编辑带你去了京都祇园的一家高档日式料理店。那家店叫什么名字？”

居然是这种事情，害我白期待一场。火村说，他要设宴采访一个人，那人是他所做研究的调查对象，对方对饮食比较挑剔。看来作为犯罪社会学专家的火村副教授也有各种烦恼啊。我把片桐难得出手阔绰一次的那家店名告诉了火村，并补充一句：

“那家店价格不菲，你不会是自掏腰包吧？那你可要想清楚了再去哦。”

“当然是我自掏腰包啊。我又不是能受到编辑款待的大作家。”

---

① 日本江户时期的滑稽小说。

“大作家也很不容易啊。”

听火村的语气，他应该不赶时间，于是我向他倾诉起自己最近创作不太顺心。我本想找个人安慰一下自己，没想到他对我说：

“这不是你的工作嘛，只能自己努力啦。最近天气不错，你不如上哪里散散心吧。长假结束了，旅馆酒店都空着，你到附近找个地方住一晚呀。”

这位身处京都的朋友，也和片桐一样给出了相同的建议。我心想：你俩是旅行社的托儿吧。

“你听上去挺精神的嘛，声音充满了张力。”

“可能是我上周日出了趟远门的关系吧。难得眺望了一下大海，心情就大不一样了。”

原来他是根据自身的体验来推荐我出门旅游的。火村去了一座毗邻日本海的小镇。他此行的目的并不是游山玩水、放松身心，而是为了调查他曾经亲手逮捕的一名杀人凶手的成长环境，我从未参与过他的此类调查。

“听你的语气，收获不小嘛。”

“也没特别的发现。不过，我一时心血来潮进了一家理发店，在那里发生了一段出门在外才会碰上的小插曲。”

理发店？我刚才正想着理发店呢！

“车子出了点儿状况，所以我坐电车去的。结果当地的电车很久才来一班，我不知道如何打发这时间……在旅行地剪头发，我这还是第一次呢。”

“因为等候电车的时间太长，就跑去了当地的发廊，你可真有勇气。”

看来他在那里碰到了趣事。我对此饶有兴趣，催促他细细说来听听。

“离下节课还有很长时间。我会跟你说的，你别急。我先冲杯咖啡。”

我也给自己准备了一杯咖啡。

火村的研究对象是一个因火村副教授的推理而被警方逮捕的男人，他目前正在网走监狱服刑。犯罪学专家前往那个男人的故乡，走访了三位熟知他幼年经历的居民。那人家境贫寒，家庭情况复杂，其成长经历难免让人心生怜悯。听说疼爱他的祖父母相继去世后，他几乎每天都去墓碑前看望。

不到下午两点，火村结束了他在这个海边小镇的走访调查。他在车站前的小餐馆打发了一顿午餐后，来到了位于镇郊山脚下的墓地。在一块无人祭拜的杂草丛生的墓碑前，他伫立片刻，思索着那个男人的人生是如何一步步偏离正轨的。自称是无神论者的火村或许也在墓碑前双手合十为逝者祈福了吧。

他返回车站，看过时刻表后才知道特快列车不停靠此站，下一班返回京都的上行列车发车时间为两个半小时以后。这里地处偏僻，对此火村并没有感到太过惊讶，只是后悔应该事先确认好列车时间才是。

火村将返程列车的时刻表记在脑海中。忽然一名站务员从窗口探出头来。此人看上去年近五十，不像是正式员工。他告诉火村，由于故障，列车晚点了，目前晚点三十分钟，恐怕到傍晚也无法恢复正常。火村心想，万一晚点的列车准时到站就麻烦了，他决定还是两个半小时后返回车站。

这地方没有任何名胜古迹。火村从镇的一头走到了另一头，却没看到一家咖啡馆。在这样的镇子上不得不打发两个半小时，这该如何是好啊。不过偶尔遇上这样的意外也不错。但是……接下来要怎么办呢？

中饭的那家小餐馆里也提供咖啡，但是从里屋传来的电视声音太吵，并不是一个让人舒心的地方。如果是严寒酷暑的天气倒也罢了，但现在是五月，微风中伴着花香。与其在这市井喧嚣的空间里打发时间，倒不如去海岸边吹吹海风。

火村从小餐馆门口经过，沿着空荡荡的马路朝着海边信步而行。一路上零星有几家酒行和美容美发厅，但大多大门紧闭。可能今天是星期天的缘故吧。不过，这其中很多家店铺明显已经歇业了，店门口的遮阳棚和招牌完全褪了色，有的甚至连店名都看不清了。房子都不高，抬头望去，蓝天白云尽收眼底。

笔直前行，很快就是大海了。由于南边隆起的山脉阻挡，小镇沿着海岸线呈狭长的东西走向。火村并没有走向沙滩，而是在路口右拐，沿着一条没走过的路继续前行。他向东信步而行，将视线移向左侧，只见海岸线在房屋与房屋之间若隐若现。

没走多久，房屋开始变得稀疏，听不见任何人声，四下一片寂静。渐渐地眼前的道路呈现出缓缓的坡度，一条岔路通向前方小小的海角。火村决定先去那里看一看。

他站在海角上远眺，眼前一片蔚蓝，出奇的壮观。扑面而来的海风，令人心旷神怡。这让火村几乎要忘记自己此行是为调查研究而来。

小镇从这里沿着山脚的铁路继续向东延伸。火村折回到刚才那条路，决定继续往前走走看。

他看了看手表，离开车站才十五分钟。他还以为自己已经走了三十分钟呢。

从路旁的公告栏上可以看到，海角的另一面被称为镇东区。火村发现了一个公交站台，他走过去看了看时刻表，无论开往哪个方向的公交车都要三个小时以后才会到来。即便坐上公交车，他又能去哪儿呢？候车的长凳边有一台饮品自动贩卖机。火村买了一罐咖啡，点上了一支烟。他拿出便携式烟灰缸，自由自在地抽了起来。

他的身后是一片刚插完秧的水田，初夏青葱翠绿的山峦倒映其中。明媚的阳光照在田间小道上，一条蛇突然从路边草丛里爬了出来，横穿了过去。火村的正前方，一座公用电话亭寂寞地矗立在公交站台的对面，不禁让人联想，最近一次有人拿起里面的听筒是在什么时候呢？

“好了，继续走走吧。”

火村打起精神继续朝前走去。民房渐渐又多了起来，有两位老太太站在门前聊着天。她们看到火村，立即停止了对话。两个人看上去都是将近八十岁的高龄，但精神矍铄。火村向她们点头致意，两位老人放下戒心，朝火村报以微笑。

“您看上去不像是本地人啊。”其中一位老太太向火村搭话。

“我从京都过来，在这儿做点儿研究调查。事情已经办完了，所以趁着等电车的时间随便逛逛。”

“开往京都方向的列车还要等很久吧。这地方也没什么特别的风景，不过你可以好好吸一吸这儿的新鲜空气再回去。”

“我正有此意。”火村回答，正要转身离去，另一位老太太问道：“你来我们这穷乡僻壤做什么样的研究调查啊？”

这镇子巴掌大小，火村犯罪学专家的身份以及他此次来访的目的，说不定明天就会传遍整个小镇。不过现在如实相告说不定会吓到她们。于是，火村谎称自己是来调查研究小镇历史的。

“你想了解历史的话，去采访玉藻神社的宫司[①]大人就好。你已经去过神社了吗？”

“还没。那里我打算下次来的时候再去。”

正当三人这么聊着的时候，一位年轻女子从他们身旁经过。她朝

---

① 这里的“宫司”指的是日本神社的一个职位。在所有神社职位中地位最高，全权负责神社内的所有神职人员。

三人微微点头致意，随即离开了。这位女子身穿浅紫色连衣裙，左手拎着一个手提包，年龄二十岁左右。擦肩而过的瞬间，火村被她身上某种芳香的气味所吸引，不禁将目光投向了女子离去的背影，没想到却因此被两位老太太冷嘲热讽了一番。

“你是不是在想，这么个乡下地方居然会有那么漂亮的小姑娘？你可别小瞧这儿了，这一带盛产美女哦。不过，这话从我们口中说出来，可能没什么说服力。”

“没办法，谁叫我们已经是退役了的美女呢。呵呵……小莉香又变漂亮了。”

“她可是镇政府办事处里的一枝花呀，应该很受重用吧。”

“没有没有，未必如此哦。之前有一次，她科室的科长当着好多人的面，质问她：‘你到底要犯错到什么时候！’那个人可真凶啊。”

“你说的是菅先生吗？那个人总是一副冷冰冰的样子，不过长得还算英俊。”

“难道他觉得小莉香太可爱了，才故意百般刁难吗？表面对人家很凶，实则对人家有意。”

“哪有！只是他心眼坏吧。本来小莉香就已经有阿健这个心上人了。”

“阿健去东京上大学了。他把小莉香一个人丢在乡下，菅先生肯定是觉得自己有机可乘。那个人不是还没结婚吗？”

两人开始聊起了镇上的闲言碎语。火村向她们轻轻点头示意，告辞离开了。说不定等火村走远以后，她俩会小声嘀咕：“刚才那个男人，到底是何方神圣？”

火村突然想起来，车站西侧好像有一栋看上去像是镇政府办事处的房子。听说这一带曾繁华一时。另外，这个小镇的规模也比周围的村镇大许多，所以政府办事处才设在了这里吧。

火村的左手边再次出现了一片水田，视野开阔。他望向自己刚才去过的海角，忽然发现一个孤零零的身影站在靠近海角之尖的位置。他看不清对方的脸，不过能看到这人身穿一条浅紫色连衣裙。应该是公务员“小莉香”。

她在做什么呢？她身体没有朝向大海，而是对着火村。看来她并不是在那儿眺望海的彼端。

正在此时，东边传来了列车驶近的轰鸣声。火村扭头一看，原来山边高筑的土坡上铺有铁轨，一辆下行方向的特快列车正从那里驶来。

站在海角的女子面朝火村，高高举起右手，挥了挥白色的手帕。她和火村之间隔着一片汪洋……她是在朝我挥手帕吗？火村吃了一惊。

不会吧，肯定不可能。小莉香应该是朝着坐在飞驰而来的特快列车上的某人挥舞着手帕吧。

理发店怎么还没登场啊？我终于忍不住在这里插嘴道：

“一个女人站在海角朝列车挥手帕，我记得这样的场景在某部著名推理小说里出现过……不对，反了，小说里描写的是女人从列车车窗朝站在悬崖上的男人挥舞手帕。”

“哦。”火村兴味索然，敷衍了一声。他一点儿也不好奇小说中女人挥舞手帕的行为隐藏着什么样的目的。

“我可是想象力丰富的小说家，出于职业病，我一边听你说，一边会对你的故事加以润饰渲染。你说的那个公务员小莉香，我把她想象成了一位楚楚可人的美女，这没问题吧。”

“哦——你脑海中正上演着有栖川导演的电影呀。她并没有浓妆艳抹打扮得花枝招展，就是政府办事窗口里常见的那种形象。脸我没看太仔细，你随便挑个喜欢的女演员代入好了。”

那我就充分发挥想象吧。

“话说回来，主演火村英生什么时候才会冲进理发店里？”

“特快列车开过两三分钟以后就是了。”

列车驶过之后，女子把手帕收进包里，头也不回地离开了海角，俨然一副任务已经完成的样子。

离上行方向列车的到站时间还有将近两个小时，干脆走到镇东区的尽头看看吧。火村迈开步子。没一会儿，一样出乎意料的东西映入了他的眼帘。一家老旧的店门口，一根红、白、蓝三色相间的圆柱正无精打采地旋转着。这东西在转，那也就代表着这家店正在营业。火村走近一看，只见玻璃门上有几个斑驳的金字——“涛声理发店”。

恰好此时西北风转成了正北风，海水的气味随风飘了过来。刚才由于听觉疲劳，一时间被火村遗忘的浪涛声，再次在他耳边回荡起来。

这家店是一栋小巧精致的平房，看上去像是电影的一个布景。门边上摆放着一张凳子。这个季节，没客人的时候店主一定会坐在那儿晒太阳吧。

店铺的地理位置偏僻，不禁让人担心起这家店的生意。火村透过玻璃打量了一下店内，里面并排放着两张焦茶色理发椅，没有人，不过灯亮着，感觉只要叫一声，理发师便会应声而来。

——要不在这家店刮个胡子吧。

若是平常，火村肯定看也不看直接从店门口走了过去。但今天在这陌生的小镇，也不知道上哪儿好，大把的时间不知该如何打发。他感觉这家店简直就是上天特地为自己安排的。不光是刮个胡子，再把长长的头发剪短些，时间上也完全没问题。

不仅这个时机刚刚好，火村同时也被这家店的名字所吸引。“涛声理发店”这个名字不禁让人联想到某部日本电影作品。究竟是位什么样的理发师起了这样的店名？火村想亲眼看看。

火村毫不犹豫地推开了玻璃门，清脆的铃铛声响起。还没等他向里面打招呼，一个身穿白褂的男人应声而来。火村原以为这浪漫的店名应是一位年轻的店主所起，然而眼前的这个男人明显已经年过七旬。他身材瘦小，斑白的头发整齐地向后梳着，系得紧紧的蝴蝶领结看上去非常得体。

“欢迎光临。您是要理发吗？”

对方向火村问道。与此同时，嘴里在偷偷地嚼着什么。看样子并不是假牙不贴合，他应该是刚才还在吃东西吧。

“不好意思。我没想到会连着来三位客人，刚才在里头吃点心。”

对方向火村表达着歉意，其态度和善，举止优雅。

火村决定让对方给自己来个从剪头发到刮胡须的全套服务。为了以防万一，他把自己要乘坐的列车时间告知了店主。

“哦，那完全来得及。既然您是为了打发时间，那我就帮您慢慢地精剪细修一下，您看如何？”

“好的，拜托您了。我不赶时间，您可以回去把刚才吃到一半的点心吃完再过来。我在这里等着。”

“那不好意思了。”说着，理发师去了里间。

火村在皮革沙发上一屁股坐下。虽然能感觉到沙发还有一些弹力，但弹簧已经完全没了张力。

火村扫视店内。墙纸是朴素的米黄色，与之相比，地板的瓷砖则是淡蓝色与白色相间的格子花纹，非常亮眼。虽然方才店主说在火村之前，已有客人来过，但地板上并不见头发，估计是被及时清扫掉了。长椅、天花板上的荧光灯……店内的一切充满年代感。怀旧风的木质挂钟透过镜子映入眼帘，老式收银机边上摆放着的自然是一部黑色转盘电话机。

沙发旁边的书架上摆放着火村高中时代流行的少年漫画。火村天马行空地想象了起来：这些应该是店主儿子爱不释手的漫画吧。儿子没有继承父业，应该是去了大城市吧……

从玻璃门看出去，马路对面是一座瓦房和一间发黑的小仓库。两栋房子之间露出一小段海平线。侧耳倾听，似乎坐在店里就能听到浪涛的声音。

“让您久等了。请坐到这边的椅子上来。”

靠里边的椅子已经坏了，店主安排火村坐到左边的椅子上。两张椅子上同时坐着客人的光景，应该很久没出现过了吧。火村打开了座椅扶手上面的盖子，发现里面有两根七星牌香烟的烟蒂。他还是第一次看到这种带烟灰盒的理发椅。

“真抱歉，上上个客人的烟蒂在里面，还没清理掉。您如果抽烟的话，我现在就把烟灰盒弄干净。”

老板的这句话对火村来说真是求之不得。可他又担心，要是以后每次去理发店都会忍不住想要抽上一支那就不好了。于是火村决定忍着。

火村透过干净的镜子看着自己。店主轻轻地给他披上了理发围布。单单从这一个动作就能看出对方是一位技术娴熟的理发师。

“请问您希望剪成什么样子？”

“老样子！”——这句话不适合今天的场合。由于前刘海和脖子后面的头发都长长了不少，他决定让店主给自己剪去两个月左右的发量。

理发师透过镜子，仔细地打量着客人，目光非常专注。

“刚好碰到一点点耳朵的长度可以吗？”

既然职业理发师这么说了，那这应该就是两个月前的长度吧。火村同意了。

理发师用喷雾把头发全部打湿，将热毛巾盖在了上面。等头发塌软下来，理发师用梳子将头发梳理整齐，然后拿起剪刀进行整体的粗略修剪。其动作如行云流水，让火村倍感安心。两人透过镜子四目相对，对方向火村搭话道：

"您来这儿，是来办事的吗？"

火村本打算继续伪装成历史学家，但转念一想，这位店主或许给自己的调查对象剪过头发。于是他一五一十地向店主说明了自己此行的目的。

"原来您是犯罪学的教授啊。"理发师一边剪着火村脖子后面的头发，一边说道，"很遗憾，你说的这个男人从没来过我店里，我完全不认识他。不过那人家境不太好，这我倒是略有耳闻。可能他们家拿不出剪头发的钱，他从小就是在家剪的吧。"

恐怕正是如此。店主对男人一无所知，火村便和他闲聊了起来。

"您是从什么时候起在这里做理发生意的？"

"刚好四十年前。高中毕业后，我在大阪的理发美容职业学校学习，拿到美发师资格证后，一直在那儿工作，直到三十二岁才回到自己生长的故乡。"

"四十年前呀。恕我直言，这家店看上去好像年代还要更久远些。"

"您没说错，教授，这家店已经有六十年历史了。我一听说前任老板即将闭店，便立即趁机买下来了。正是因为有这么个特价店铺，我才下定决心回来的。”

“现在这个店名是您起的吗？”

店长腼腆地说：“是我起的。哎呀，真难为情。能听到浪涛声的理发店并不多见，所以……我的姓有点特别，不大适合用在理发生意上。”

“您这么一说，我特别想知道您姓什么。不会是桐衫[①]吧？”

“哈哈，这个姓确实也不适合理发店。”

支吾半天，店主最后还是公布了自己的姓氏——“油”。

“菜油的‘油’。这个姓也不是全日本只有少数几家人才有的罕见姓氏。不过如果取名‘油理发店’或者‘Barber 油’的话，感觉缺乏清爽感。客人肯定要担心这家店会拼命往人头上涂发蜡，从而敬而远之吧。”

“确实。如果是您刚才说的店名，我应该不敢推门而入吧。”

镜子里照出的两个男人都笑了。

“这家店就您一个人吗？”

“是的。我老婆有时也在这儿帮忙，不过最近五天来都是我一个人在打理。儿媳生病了，老婆为了帮忙照顾年纪还小的孙子，去了儿子家。”

---

① 日语中，“桐衫（きりすぎ）”这个姓，和“切り過ぎ（头发剪多了）”这个词的发音一样。

“那您可真不容易啊。”

理发师换了一把剪刀，说道：“儿媳只是感冒一直没好而已，我并没怎么担心。我老婆也想念小孙子，她过去正好为我们搬家做准备。马上我们就要从这里搬走，住到那边去了。”

“是您儿子叫你们过去一起住吗？”

“是的。虽然我俩身体都很健康，但也一把年纪了。估计儿子是想让我们老两口待在他身边。”

“您儿子可真孝顺呀。”

“哎哟，多谢你的夸奖。我老婆是大阪人，所以她非常开心。这里的冬天对她来说可能太难熬了。”

“那这家店就得关门歇业了啊。您不会难过吗？”

“我也没法一直在这里剪头发，差不多是该退休的时候了。今天是最后一天营业。”说着，店主抬起头，露出了一个小小的微笑。他看上去相当满足。

“原来今天是最后一天啊。”

“正是。教授，您应该就是本店的最后一位客人了。”

“值得纪念的最后一位客人，结果是个进来打发时间的，真不好意思呀。”

“哪里哪里。我刚还在想，上一位客人就是最后一位了吧。您愿意进我这家店，我觉得非常荣幸。”

店主又换了一把一半为梳子状的剪刀。店主用这把剪刀给火村的头发进行整体打薄。

“刚才听您说，连着来了三位客人。是常客舍不得这家店，特地过来的吗？”

“其中一位客人是一直以来经常光顾小店的常客。他失落地对我说：‘这是最后一次在你这儿剪头发了呢。’那位客人从小就在我这儿剪。另外一位客人并不知道今天是本店的最后一个营业日，他上次来已是很久以前的事了。那位客人也和您说了差不多的话——‘我这样的人成了店里最后一位客人，真是过意不去。’”

“我这样的人……”火村问道，“那人是女的吗？”

店主露出了惊讶的表情：“哎呀！您的直觉真是太准了。是的，没错。您是怎么知道的？”

火村告诉店主，刚才来这里的路上，他和在政府机关上班的“小莉香”擦肩而过，闻到了对方身上有股芳香的气味。

“当时我还不清楚那是什么香味。现在来看，应该是理发店的爽肤粉的香味吧。刚才你说，她上次来店里是在很久以前，是她小时候吧？”

“一点儿没错。她小学的时候是蘑菇头，每个月都会来我这儿剪一次。上了中学以后，女孩子要漂亮了，就去车站前的美发店弄头发了。刚才她忽然出现，让我帮她稍微刮一下脸。偶尔也会有女性顾客来我店里刮脸。不过，我没想到最后一个营业日里居然能看到小莉香，高兴都来不及，怎么可能会失望呢？这简直就是理发店之神赐给我的礼物。她已经长成亭亭玉立的大姑娘了。我和她聊起从前，问她还记不记得六年级的时候，有一次她很不好意思地说想听海浪声，要求我给她开着门理发。她还记得呢。能和她叙叙旧，我觉得非常开心。”

这是最后一次用了吧——怀着这样的心情，店主专心操起了剃刀。莉香十分满意，开心地说：“下次还来这里刮脸。”听到这话，店主怀着复杂的心情，将店铺歇业的事告知了对方。

“她听后，一脸愕然。她的反应让我非常意外。这么一家破破烂烂的理发店的歇业，居然会让客人如此惋惜难过，真是太抬举我了。”

“我很理解小莉香的心情哦，老板。”火村说道，“我虽然才三十四岁，但已经渐渐开始领悟了。人，一生中要经历无数的生离死别，要么是别人离开自己，要么是自己离开别人，而最终都会和所有人告别，入土为安。不仅是人与人之间存在离别，我们还可能遗失自己珍视的东西，告别自己熟悉的风俗习惯，失去自己最爱的风景等，这些都是无可奈何的离别。和自己情有独钟的理发店离别，自然也包含在其中，当然会觉得惋惜难过。”

突然，剪刀停了下来。火村透过镜子，看到店主深有感触地点了点头。

“……小莉香会对这家店情有独钟，那真是我的福气。”

火村心想：店主应该还是希望小莉香成为这家店的最后一位客人吧。

理发师拿起海绵，从头到脖子再到肩膀，依次替客人仔细地拂去碎发。接着他给火村抹上洗发膏，打起泡沫后，将火村领到洗发池。手指按摩头皮的力度不轻不重，控制得恰到好处，这简直就是神之手指啊！头皮接受着温和的刺激，真是太舒服了。冲洗掉泡沫后，理发师又给他涂上护发素，然后再次冲洗。享受完这一连串技术精湛的服务后，火村抬起头离开洗发池。此时，他已经沉浸其中，如醉如痴。

理发师问火村爱用什么样的护发精油，他随便回答了一个。神之手指再次降临。火村一边接受头皮按摩，一边尽情享受着把头交给他人任其随意摆布的快感。他开始胡思乱想起来：这么舒服，毛囊都受宠若惊了吧。说不定我的少白头也将转眼间黑回去。

精心地按摩头皮之后，理发师操起吹风机，将火村的头发吹干。他的手法灵活自如，简直就像是在控制自己身体的一部分。最终，火村从镜子中看到了一个焕然一新的自己。

“太棒了。真希望您能搬到我家附近，继续做理发生意。”

“过奖了，不敢当不敢当。”

“我还是抽支烟吧。”

火村抽着烟，他们的话题不知不觉又回到了小莉香身上。店主停下手里的活，说道：

“我记得她是个内向文静的孩子，这么多年她性格似乎没什么变化。不过，在我店里的时候她话还挺多的，小时候也是那样。她小的时候和我说过，来我这儿觉着安心。小学的时候，她还会和我分享学校里的事情。今天，她和我聊了去东京上大学的男朋友。她说虽然很想念男朋友，但只要再忍耐一段时间就好了。我听了就给她加油鼓劲。当我问到最近工作怎么样，她有些难以启齿的样了，想必她也有很多不易之处吧。”

估计是因为那个姓菅的上司吧。

“说来也巧，在她之前来的那位常客是政府机关里的科长，相当于小莉香的上司。我把这事说给她听，她只是说了一声‘哦’，把我打发了。看来不少客人去理发店或美容美发厅的时候，不想谈起工作的事呢。”

“是呀，大家都想在那儿发发呆吧。”

“我居然没注意到这点，亏我干这行都四十年了，真惭愧。”

店主用右手轻轻拍了下自己的头顶。

“今天真是一个大好日子呀。我碰上了各式各样的客人：有长期惠顾的老客户、相隔十年又来了店里的小姑娘，还有突如其来的教授。晚上睡觉前，我得好好拜拜理发店之神。今天接到的那个恶作剧电话也显得可爱起来了。”

理发师一边说着，一边准备给火村刮脸。他将肥皂液和热水倒进一个中间有隔断的剃须皂打泡碗里。

“打进店里的那个恶作剧电话说了些什么？不会是让你上门剪头发吧？”

“如果对方说，‘我病了，没法出门，请你到我家来帮我剪个头发’，那我说不定真会上当受骗呢。不过，不是这么回事。听声音大概是个小学生吧，男孩子，他跟我说，家里人叫他去理发，但他不知道理发店在哪里。我问他这通电话是从什么地方打来的。他回答，是公交站台边上的电话亭，他查了电话簿打来的。我告诉他从公交站台朝电车车站相反的方向一直走就是了。可他却用十分胆怯的声音说：‘我迷路了，你能来接一下我吗？’于是我骑上自行车，到那儿一看……”

“根本没有小孩在那里。”

“我环顾四周，一个人也没有。一路上没有岔路，肯定会和那孩子碰上才对。我寻思着自己应该是被小孩子耍了，决定先回店里看看情况再说。后来这事不了了之了。不知道那孩子是不是躲在某处，偷偷地看一个老头子吃力地蹬着自行车，并以此为乐？我返回店里，刚好看到小莉香从里面探出头来。她还以为今天不营业呢。我和她说‘营业着呢’，然后请她坐上椅子，给她刮了脸。小莉香回去后，教授您就来了。客人接踵而至，电话的事情我完全给忘了。在那之后既没有电话打来，也没有小孩出现，看来就是一个不痛不痒的恶作剧罢了。”

“未必如此。收银机里的钱少了吗？”生性多疑的犯罪学专家向心地善良的店主问道。

“这种可能性我倒是没想到，不过钱并没被偷。我把小莉香付的钱放进收银机时，没有察觉任何异样。店里的东西也没有被动过的迹象，里头的房间好像也没人进去过。

“哦，那就好。”

“嗯。教授，您的研究对象——犯罪并没有发生。”店主愉快地说道。

待火村抽完烟，理发师征得他的同意后给他罩上了剃须围布，并用一条干毛巾垫在他的脑后，然后将椅子放平。理发师戴起口罩，用蘸了热水的毛刷将肥皂液打起泡沫。

柔软舒适的毛刷从火村的右脸落下，顺着脸颊轻触至下巴，然后依次轻拂过他脸上的每一寸肌肤。理发师用热毛巾将火村均匀涂抹着肥皂泡的脸擦拭了一遍，接着再次用蘸着肥皂液的毛刷刷遍了火村的脸，然后他拿起了折叠式剃刀。

“这是索林根[①]的剃刀吧。”火村问道。

店主回答：“是的。国产的也不逊色，不过，年轻的时候我就一直喜欢用德国产的剃须刀。锋利，手感也舒适。”

刀刃由上至下滑动起来。刀刃依次滑过两颊、下巴、鼻子底下、嘴巴下面、脖子两侧，火村感觉自己像蜕了一层皮。这一连串动作，非常有节奏感，干净利落，毫不拖泥带水。理发师用热毛巾擦去肥皂沫以及剃下来的胡须，然后将刀片放在只用温水打湿的脸上，从下往上刮过去。理发师处理着火村耳垂以及耳后的汗毛，火村则沉浸在无比享受的时光之中。

理发师从蒸汽消毒机里重新取出一条热毛巾，将客人的脸擦干净，

---

① 索林根（solingen）是德国的一座城市，以生产刀具闻名。被称为刀具之城。

火村顿觉神清气爽。接下来，理发师给他抹上按摩霜，为他做起了脸部按摩。最后往他脸上拍了些爽肤粉，用干毛巾擦了一把。所有服务完成了。火村只觉此刻犹如身在梦中。

半梦半醒之间，他思考着：

眼前的大镜子、德国产剃须刀、用来研磨刀刃的亮铮铮的皮革磨刀带、剃须皂打泡碗、毛刷、罩在自己上半身的剃须围布、自己所躺的理发椅，另外还有洗发池、墙上的木质挂钟、收银机等，这所有的一切都将迎来最后的时刻。没有人来接手，它们将统统被丢弃。

尽管他清楚这无法避免，但此时此刻，在这位从不多愁善感的犯罪学家心中，一股悲寂感油然而生。

店主朝默默在心中叹息的客人说道："好了，让您久等了。刚才碰了一下您的肩膀，太僵硬了，看来您工作很拼啊。我帮您好好按摩一下吧。"

"太谢谢了。我每天的勤勤恳恳终于得到了回报。"

对于店主真诚细致的服务，火村不胜感激。

"老板，我可以问您两个问题吗？"

"可以。您想问什么？"

虽然这并不是什么重要的问题，但火村还是出于职业本能问道：

"恶作剧电话是在政府机关的科长回去多久后打过来的？"

"他刚走，电话就打了过来。估计还没到两分钟。"

"两分钟啊。那您骑上自行车赶去电话亭的路上应该能追上科长吧。”

“不会不会，不可能追上的。科长家的方向完全相反，他家还得再往东去。”

“这样啊。难不成小莉香的家也是那个方向？”

“是的。哎呀！您怎么知道得那么清楚。”

“很简单。小莉香如果是从西面过来，没和骑着自行车的老板碰上就很奇怪了。”

“说得太对了。您为什么要问这个？”

“没什么，随便问问。”火村含糊其词，避而不答。

火村透过镜子，看了看时钟。离上行列车的预计发车时间还有将近一个小时。火村决定不再问这些不合时宜的问题。

“我有一个请求。”

理发师将手放在火村的双肩上，正准备开始按摩。听到这句话，他从镜子里看着火村，问道：“是不是要帮您把头发再剪短一些？”

“不是，我想……”火村指向玻璃门，说道，“如果您不介意的话，能打开门，让我听一下浪涛的声音吗？”

店主欣然同意了。

涛声理发店。

这家店真不错啊，只可惜没法再去了。有时拿出一点点勇气推门而入，说不定就能碰上那样的小店。真羡慕我这位朋友能有如此愉快的经历。

不过，言归正传……

“你是想考考我这个推理小说家吗？让我猜猜那个恶作剧电话到底是出于什么目的打过来的？”

“这只是问题一哦，还有问题二呢。”

连问题的题目都要我回答，真是个不厚道的老师。

“问题二是小莉香为什么要在海角上朝特快列车挥手帕吧。顺便说一句，小莉香的角色我起用的是崛北真希。”

“你居然能邀请到她来出演，太厉害了。问题一和问题二紧密相关。解开了问题一，问题二的答案自然也就出来了。我还得准备下一节课，希望你能在十五分钟内给出正确答案。”

我一旦被催促便没法发挥百分之百的实力。但要是思考太久，那家伙肯定扬扬自得。所以必须得说点什么。

“问题二挺有意思的啊。这道推理题很有画面感，我甚至能以此写一部小说呢。题目就叫《朝特快列车挥手帕的女人》。”

“你用这个题目，会写出什么样的故事来？”

“女人朝坐在特快列车上的熟人打招呼——这样的情节有点儿不像推理小说啊。如果把你刚才提到过的人物放进去的话，那只能是她男朋友阿健坐在列车上了。”

“男朋友要去某个地方办事途经家乡，她希望男朋友从车窗看到自己，因此站在海角之上……嗯，有点昭和年代的感觉。如今即便相隔再远，也可以通过手机或电脑和对方视频聊天。这情节不符合时代背景。”

“只是希望对方看到自己的话，也没必要挥手帕呢。可不可以认为她挥手帕有某种特定的含义？比如，手帕代表某个暗号。”

“朝列车挥舞手帕，发送暗号，那简直可以追溯到明治、大正时期了。我不知道你想象的是什么样的暗号，不过，这往对方手机里发条消息不就完事了嘛。”

不得不承认确实如此。

“她的确是朝着列车挥的手帕吧？”我突然意识到自己应该先怀疑这一点。

“没啊。我只能和你说，她是朝着列车的方向挥了挥手帕。”

“她站在海角，与你之间隔着海，你站在她和列车两点连成的线上……但是，你只是刚巧经过那里，她不可能是朝你打招呼。附近没有别的人了吗？”

“我没看到。从海角那边看过来的话，站在路边闲聊的两位老太太处于视线的死角。另外，她也不像是在朝哪户人家的窗户挥手帕，列车后方的山上也没有任何人。”

“等一下！”

伫立在海角的女人刚从手提包里取出手帕，一辆特快列车便由东向西飞驰而来。看上去确实像是她在等着列车的到来，但这不对啊。当天列车晚点，并没有按时刻表运行。因此，她不可能掐准时机在那儿等着。

“你说对了。”火村说道，“显然她并不是朝着列车挥舞手帕。那么，她是朝着什么呢？这我就没法回答你了。”

“你是出题人，肯定知道答案吧。突破口在哪儿？你让我解谜，可我又没亲眼见过现场，太吃亏了。”

火村承认我有些吃亏，却以我是推理小说家为由，让我继续努力思考，丝毫不讲情面。我真想回敬他一句：居然用研究室的电话打过来和我玩这样的游戏，你可真够闲的。

“喂……你睡着了吗？有栖。”

我一沉默，他立马来了这么一句。我回答他：“醒着呢！”

“给你个建议吧。我觉得你最好先解决问题一。”

正是问题一太难了，我才烦恼着呢。想不出合理的答案，我刚才暂且转移了一下话题。

“小真希，哦不对，小莉香说的话中有一句不太对劲。”

“是有一句。请你指出来。”

店主和她说，在她之前科长刚好来过，她听到这话只说了声“哦”，这很奇怪。莉香从东向西去理发店，菅科长从西向东回家，他俩肯定会迎面碰上才对。即使他们没有交谈，她也应该一眼看出菅科长刚理完发吧。她应该说“我在来的路上看到他了”，这才比较正常吧。即便她非常讨厌菅科长，甚至不想谈及这个人，但一句“哦”也太冷淡了。

“我也是这么认为的。”火村说道，“她是否特别反感讨厌科长，具体情况我们不得而知。不过，我们先假设这个条件成立，并在这个基础上进行推理分析。假如她在去涛声理发店的路上偶然撞见了理发归来的科长，正常情况下她会怎么做呢？她不知道当天是理发店最后一天营业，这应该不假。当然也可能她事先听说过此事。但如果真是那样，她没必要在听到老板说起此事时，装作刚刚得知的样子，露出惊愕的表情。”

“的确。她不知道当天是涛声理发店最后一天营业，正打算去那里刮脸，路上撞见了刚理完发回家的讨厌上司，那么……”答案显而易见，“她肯定会打消主意。要是被安排坐在残有那家伙体温的椅子上，一定超级郁闷。就算她很想去刮脸，那改天再去就好。”

“同感。然而她还是去了理发店，为什么呢？”

她会定期去那里刮脸，所以当天无论如何都想去？这也不可能。恰恰相反，她上了中学以后一次都没去过那儿。这么看来，她不仅不讨厌坐在科长刚坐过的理发椅上，反倒像正是为此才去的。

“难道她喜欢那个科长？我不清楚这两人住址的位置关系，但她看到科长理完发回家，自己却还去那家理发店，那不就说明……”

“没有任何证据指向她对科长有好感。我们不是说好了嘛，以她讨厌科长为前提条件进行分析。你想更改规则，那得先给出相应的理由来啊。问题一的答案想出来了吗？”

莉香的行为有点儿可疑了。难道说那通恶作剧电话和她有关？她出于某种目的，让小朋友打了那通电话。抑或……那通电话就是她自己打的？引进外国的电影或动画片，进行国语配音时，经常会由女性配音演员来饰演变声之前的小男孩的声音。

“很有可能。”火村说道，“她只需装出不安的样子，磕磕巴巴地说话就可以了，不需要什么演技。她上次去那儿已是十年之前，那时她还是个孩子，因此不用担心自己的声音被店主识破。”

“问题就是这个‘某种目的’呀。”

“她肯定不是为了看大爷蹬着自行车飞驰的样子。那么，能想到的只有一种可能。”

即，为了把大爷从理发店引开。仅有这一种可能。

“话是没错。但她把大爷从店里支开，是为了做什么呢？老板说了店里没有被盗窃或是被破坏的痕迹，那么……难道她是为了查看店里的某样东西？或者为了进店拍些照片？”

“抑或她拿走了某样不见了也没人知道的东西。”

这个听起来确实可能性较大。

“比方说什么东西呢？”

“一样极其常见的东西，一样消失了老板也不会注意到的东西。比如，掉在瓷砖地板上的头发。”

我没听错吧！

“菅科长的头发吗？她为了偷这个，特地装成小孩的声音打恶作剧电话？这真是大费周章啊。”

“为了弄到科长的头发，她只能出此下策吧。假设她想趁没客人的时候偷偷溜进店里，可老板会坐在门口的椅子上晒太阳，这行不通。即使老板进了里头的屋子，但只要一开玻璃门，铃铛就响了，老板立马就出来了，她要抓到机会并不容易。所以，为了将大爷从店里支开，哪怕大爷离开一会儿也好，她能想到的就只有打那样的恶作剧电话了。”

暂且不反驳火村吧。虽然她只是为了去店里拍些照片的可能性依然存在，但电话是在菅科长刚回去后打来的。如果把这个时间点也考虑进去的话，火村说的还挺有道理的。说不定莉香心里想着：不快点打电话，店主就要把地板上的头发清扫干净了。

“老板说，他回来的时候，看到小莉香从店里探出头来是吧。光听这话，确实会让人联想到：小莉香以为店里没人，四下张望寻找老板。但她的这一行为也可以看成目的达到后，正想从店里偷偷溜出来。”

“就是嘛。”

如果只是捡几根头发，这并不需要花费太长的时间。但要确认店主确实已经走远，这需要一定的时间。另外，店主骑了自行车。估计她也没料到对方会那么快回来。

“和大爷碰了个正着，为了给自己解围，她索性假装自己是来店里的客人。一个年轻小姑娘去那样的理发店能做什么？也只能刮个脸了。”

“确实想不到别的了吧。”

“老板没有注意到小莉香的声音与刚才打恶作剧电话的声音是同一人，这也没什么奇怪的。他肯定不会想到小莉香居然会做这样的事。而且……”

“她打电话的时候模仿了小男孩的声音呢。”

我俩终于意见一致了。然而，谜团还是没有解开。她为什么不惜用假声打恶作剧电话，也要把菅科长的头发弄到手呢？必须给这个问题找到一个合理的解释。

“出于某种原因，她需要偷到对方的头发去做DNA鉴定。这个假设怎么样？”

“不够合理。她为什么非要拿头发不可呢？菅科长抽烟。他们在同一个地方上班。她把对方的烟蒂偷偷捡回来不是更快吗？”

“你说的道理我明白。但是，如果不是为了拿去做DNA鉴定，那还能有什么理由会让她想弄到自己讨厌的男人的头发呢？”我反问道。

火村泰然自若地说道：“假如有个和你关系不好的人想要你的头发，你心里有什么感觉？”

“太吓人了吧。我感觉对方会把我的头发扎进稻草人里，然后钉上又粗又长的大钉子。”

我半开玩笑地回答。但转念一想，这种情况并不是完全没可能。

“真的是……这种情况吗？”

“这又不是正式的凶案调查，只是一个游戏，作为我送给你的出差纪念品。小莉香为了诅咒她讨厌的上司，试图把对方的头发弄到手，这个结论你同意吧。”

暂且同意他吧。不过，还有问题二没有解决。

“通过问题一得出的结论，你来挑战一下问题二吧。有了问题一的结论，刚才想象不到的一种可能性就自然而然跳出来了。”

我脑子里什么也没跳出来，不过我发现了新的疑点。莉香成功获得了用来诅咒科长的头发，那她为什么要特地跑去海角呢？不可能是为了向列车中的某人挥手帕汇报自己完成了任务。如果她去海角并不是为了向某人打招呼或发送暗号；如果特快列车的出现纯属一个巧合……

我在脑海中如播放电影一般，想象着莉香在海角挥舞着手帕，并试着将画面倒回去。画面中的她倒退着走，经过火村与两位老太太身旁，并继续倒退着进了涛声理发店。店主一边和她谈笑，一边帮她刮脸的画面持续了一段时间。随后店主倒退着走到了店外。独自在店内的她，打开手提包取出手帕，蹲在了地上，然后把包在里面的黑色物品放到了铺有淡蓝色和白色格子花纹瓷砖的地板上。

“小莉香把理发店里捡来的头发用手帕包裹，放进了包里，对吧？然后她站在海角把那些头发撒向海里……可是，她好不容易弄到了头发，为什么立即扔掉呢？这我想不明白。难道有这种把头发扔进海里以诅咒对方的法术吗？”

“恕我孤陋寡闻，没听说过这样的法术。别管有没有这样的咒术，我们可以考虑为她的心态发生了变化，这样便一切都能解释得通了。

她放弃了诅咒对方的念头。”

“这内心的转变也太突然了吧。她会那么轻易地回心转意吗？毕竟是制订了那么周密的计划才得以实施的呢。”

“也不算太突然吧。从捡起头发到走去海角，当中有很长一段时间。涛声理发店的大爷一边和她聊天，一边给她刮脸。你不觉得正是这个过程让她动摇了吗？”

原来如此！在熟悉的店里和熟悉的店主交谈，或许在这段时间里，她的灵魂得到了净化。店主认真地给她刮脸，让她的身心受到洗礼，从而驱散了她体内黑色浑浊的邪气。而且……

今天是涛声理发店的最后一个营业日，自己也很可能就是这家店的最后一位客人。这个事实迫使她停止了恐怖邪恶的仪式。如果自己作为最后一位客人，来店里只是为了捡些用来诅咒他人的头发，那是在亵渎这家店留给自己的回忆，亵渎店主作为理发师兢兢业业的一生。因此，她扔掉了科长的头发。

“她不敢随便撒在路边，才扔到海里去的吧。她站在海角的时候，刮起了西北风。正当她摊开手帕让头发随风飘去的时候，恰好列车从东面开来，所以看上去像是她在朝列车挥手帕示意。”

没有证据可以证明事实正是如此，这终究只是一个推理游戏而已。当然，火村也非常清楚这一点。

“虽然我不是小说家，不过我的想象力也挺丰富的吧……哎呀！都已经这个点了呀。”

挂断电话后，我松了松肩膀。长时间聊电话还真累人。

脑海里的银幕上还在播放片尾字幕。我决定再细细品味一下这部并不存在的电影留下的余韵。

听了火村的故事，我不禁有点儿想出门去进行一趟远途旅行。

那我现在应该去我常去的那家店理发吗，还是应该留着长发去旅行，以期遇上类似涛声理发店这样的小店呢？

我思考了起来。

怪奇小店

1

这个故事发生在我就职于一家印刷公司销售部的时候。

那时，大学毕业两三年的我——有栖川有栖，负责对接大阪市内某食品公司的印刷业务。出于工作商洽的需要，我经常拜访该公司，差不多和对方来往了两年。其宣传部门特别爱使唤人，每次提出的要求都非常苛刻。不过，幸好前台负责接待的女孩十分讨人喜欢，让我的心灵得到了些许的慰藉。

这家食品公司在国内也算小有名气，可没想到其办公场所居然非常简陋。公司地处一片拥挤杂乱的街区，周围林立着灯红酒绿的餐饮店以及老旧阴森的商住多用大楼——说白了，就是低档的商业地段。我还记得我在那片街区发现了一家很美味的拉面馆，经常上那儿解决午餐。

拉面馆旁边有一栋五层高的破旧楼房。每次经过都能看到有楼层贴着招租广告。看来里面的店铺都开不太长久。然而，唯独二楼始终没有闲置过。二楼的外面挂着一块带灯箱的招牌，上面写着“艾尔西”

几个字。

我最初以为那是一家小型公司，但招牌上的字体歪歪扭扭，非常花哨，看上去倒更像是一家店铺的名字。外面的窗户镶嵌着磨砂玻璃，完全看不清里面的状况。不过不像是小酒吧或美发厅。我从来不曾看到有人从那儿进出。那满满的神秘感触动了我的好奇心。

有一次，我在拉面馆里一边吃着拉面，一边隔着吧台向老板问道："隔壁挂着那块招牌的地方是干什么的？"没想到向来喜欢八卦的老板居然也不知道。他说，他的拉面馆开张之前，那里就挂着招牌了。至于那到底是一家公司还是一家店铺，他也不甚清楚。

"相当可疑呢。会不会是一家不正经的店？"我忍不住好奇地问了一句。这应该并不是出于我喜欢悬疑推理的本能。

老板听后一边煮着面，一边笑着说："应该不是吧。那里几乎没有女孩子进出过，只有一位体形发福的中年妇女。"

老板说，在拉面馆门口，他碰到过那位中年妇女。不过，对方只是朝他点点头，两人从未交谈过。

"我偶尔看到过一些人进出那里，应该是那儿的客人吧。全都是白领模样的男性，而且都是在晚上光顾，应该就是个喝酒的地方吧。说不定是家会员制的酒吧……不过，奇怪的是我从来没看到过供酒商之类的人进出那里呢。"

"那就是一家不需要女孩子的不正经店吧，比如说非法吸毒的场所。"

“你想的可真吓人呀。嗯……好像也不是，那儿的客人看上去都是一些从容沉稳的绅士。”

谜团越来越大，可面馆老板似乎没多大兴趣。比起这样的事情，附近陆续开张的竞争对手更加让他挂心吧。

我每次经过那栋大楼，总会抬头看看“艾尔西”的招牌。渐渐地我的内心出现了一个声音，它悄悄对我说：

挂着那样的招牌说明那儿肯定不是私人住宅。如果你非想知道答案，何不自己冲进去看看？如果是一家普通的餐饮店，你佯装成客人就好；如果进去看了，还是不明白是做什么的，那就以印刷公司推销员的身份，拿出公司名片，和对方说：“我也不知道您这儿是做什么的，冒昧打扰，请问您这儿需要印刷业务吗？”如此一来，完全可以蒙混过去吧。

我差点儿真的就这么做了。但转念一想，要是碰上麻烦事就糟了。考虑再三，我选择了退缩。我的理性阻止了我，然而最主要的还是因为我缺乏胆量。回到公司之后，我用电脑检索了一下，没有找到任何与之相关的信息。如果是一家公司，不可能查不到一点儿信息。于是，我确信那里肯定是一家店铺。

谜团还未解开，我就被调离了食品公司的岗位，从此便没机会去那一带街区了。从那以后过去了将近六年。这期间，我迎来了人生的重大转折。我投去参加悬疑推理新人大赛的作品获得了佳作奖。以此为契机，我从公司辞职，成了一名不起眼的职业小说家。这个决定有些冒险，但成为一名悬疑推理小说家是我从学生时代起的梦想。另外，我也十分清楚自己并没有足够的才能可以同时做好两项工作。

成为职业小说家之后，我有时还是会从迷迷糊糊的睡梦中突然惊醒，大叫道“上班要迟到了”，有时还会无意识地去检查自己当年负责过的客户的海报成品。我沉浸于夙愿达成的喜悦中，与此同时，内心深处的某个地方似乎也怀念着身为白领的日子。不过，“艾尔西”一事早就被忘在了脑后。

然而，有一天我在天神桥筋商业街逛旧书店时，这个谜团忽然被解开了。

我拿起一本旧杂志，那封面上印着一名小说家的名字。原来此人的作品发表在这么冷门的小说杂志上呀。这位作家作品风格独特，介于色情小说与悬疑推理小说之间，作品数量也少，在书店里都没能看到过他的新作。我翻看目录，发现里面刊载的是一篇我已读过的短篇小说，随即决定还是不买这杂志了。杂志的卷首页印着一些美女裸照，很有平成年代初期的感觉。我一边欣赏，一边漫无目的地翻看着。就在这时，我意外地在广告页面的角落里发现了“艾尔西”的名字。看到那熟悉的字体，我不禁惊叫了一声。

终于知道那是家什么店了。能在商业杂志上刊登广告，说明它并不违法，不过其业务内容确实不宜大张旗鼓地宣传。它是一家面向女装爱好者的沙龙。广告上刊登着一张面相富态的中年妇女照片，旁边写着：

即便您是初次体验的客人，曾是著名女演员的我，也会从化妆到服装选择，耐心地为您提供指导。

——店长艾尔西

怪不得！原来是这么一回事啊！真是踏破铁鞋无觅处，得来全不费功夫啊！

我要说的就是这么一个故事。如果您听完觉得无趣、失望，那我深表歉意。

商店真是一个不可思议的地方。它挂出招牌，主动招呼客人们进来，给他们提供所需的商品或服务。不仅如此，有时它也会悄无声息地打出广告，静等客人上门。“艾尔西”选择在那本杂志上刊登广告，或许也有着某种必然性吧。

每当我走在大街上，看到不知名的商店或者看似商店的地方，都会一下子陷入沉思：这里能提供什么样的商品或服务呢？我见过一家商店在大楼窗户上贴着大麻叶造型的商标。不过，如此明目张胆，应该不可能是真的经营大麻。鼓起勇气进去看看，说不准会发现那只是一家普普通通的进口唱片店。那家店也是一个谜。

还有一次，我在京桥地铁站下车，信步往藤田美术馆走去时，在一条小巷子里也发现过一家奇怪的商店。那家店位于小巷的当中位置，挂着一个简陋的招牌，上面写着三个日文假名“みみや”[①]。字迹拙劣，

---

① 假名即日语的表音文字。日语“耳屋”对应的假名正是“みみや”。

应该是外行人所写。字的下方画着耳朵的图案，估计是“耳屋”吧。

好事的我特地走进不到两米宽的巷子里瞧了一眼。那是一幢两层的民房，店铺应该位于一楼。不过那黑漆漆的房门紧闭着，似乎不欢迎任何人到访。门口有一台门铃对讲机，但那氛围让人望而却步。我终究没有勇气上前一探究竟。

听说最近也有一些店，客人们可以将头枕在年轻女孩子的膝上，让对方给自己掏耳朵。这种生意虽然并不属于大家常说的色情服务，但也是以“虚拟恋爱”为卖点的买卖吧。曾经还发生过一起客人痴迷于女店员，对其纠缠不清，最终将女孩杀害的凶案。然而，“耳屋”的位置远远偏离繁华商业街，不大可能是那样的店。难道是一家没有女色，单纯给客人掏耳朵的店吗？我寻思着走出了巷子。

那天，我在藤田美术馆欣赏了曜变天目茶碗。一年之后，我才知道那里是家什么样的店铺。

2

连续通宵让我昼夜完全颠倒，有时候颠倒一轮又会重新回到早起早睡的生活模式。从某种意义上说，也算是重新回归了正常生活。七点多起床，冲个澡立马神清气爽。在一家经常光顾的咖啡店里，我一边吃着早餐，一边暗自打算最近都保持这样的作息吧。正在这时，手机振动了起来。一般来说，编辑是不会在上午给我打电话的，是谁呀？我疑惑着，拿起来一看，原来是火村英生。

“哟，你接了，我还想着你是不是在睡觉呢。早上九点就起来了，在外面采风吗？”

“没有，在咖啡店翻体育报纸而已。”老虎队[①]赢得了昨晚的比赛，“我偶尔也会早起的。”

“哦，如果你今天没有别的安排，就来协助我做实地考察吧，说不定会让你度过充实的一天哦。你来不来？”

① 指“阪神老虎”，日本的一支职业棒球队名称。

我小声问道："杀人案吗？"

"嗯，昨天晚上发生的。今早船曳警部亲自打了电话给我。"

火村是我大学时代的朋友，现在是英都大学社会学专业的副教授，研究犯罪社会学。他所说的"实地考察"，"实地"指的是犯罪现场——并且主要为凶杀案现场。

我曾多次见证他协助警方破获案件，他把这作为研究的一个环节。他打电话是想邀请我，有时间的话就像之前一样去当他的助手。我并没什么急事，于是便答应了。

"你是在某个车站里面给我打的电话吗？你那头能听到回音。"

"我现在在出町柳站的换乘大厅。案发现场在距离京桥站步行十分钟左右的地方，我正要去坐京阪线的特快车。"

就算他现在立马坐上了电车，到达京桥站至少也需要五十分钟。我和他约好在车站的闸机口碰面。

我走出咖啡店，幸好是阴天，光线非常柔和。刚进入九月，酷暑便收敛了起来，真是太难得了。四天王寺前夕阳之丘地铁站的入口就在不远处，不过我决定先回一趟家换身衣服，亮眼的花衬衫不太适合凶案现场。换好衣服，我赶往京桥车站，现在过去刚好火村也快到了吧。

十点多，我们在京桥站片町出口处的闸机口会合了。副教授穿着白色短袖衬衫，系着松垮的领带。他指着一个方向说了一句"这边走"，便果断地迈步向前。

看来他事先已经确认过现场的位置，并将它记在了脑海里。

“难得你起了个早，却收到去杀人案现场的邀请，真不好意思。”

马上就要到凶案现场了，犯罪学专家忽然来了这么一句。

“没关系，秋暑难耐，我也没去旅游，每天日子过得浑浑噩噩。你能给我带来点儿刺激，真是求之不得。”

火村解决的诸多案件中，有不少案子宛如推理小说般扑朔迷离，但我从未将之作为题材来创作自己的小说。不过，毋庸置疑的是，深入接触凶案现场的经历，对我这个小说家产生了不小的影响。我有时会想，或许火村并不需要一名助手，他叫上我，只是为了让我积累一些现场的经历罢了。说起来有些不好意思，其实我勉强只能算是半个助手。

抑或……

也许他只是想让我见证他的实地考察。据火村所说，他之所以从事犯罪学研究，是因为他曾有过想杀人的冲动。但他说这话时，前言不搭后语，其真意无从知晓。他是故意含糊其词，还是不得不如此为之？不管哪种情况，在他这句莫名其妙的话语中，我感觉到某种危险紧迫的东西。我隐约感到也许他预料到某天会出现真正需要我帮助的情况。

“能给你带来多大的刺激，我就不清楚了，这得过去看了之后才知道。你可以先期待一下。”

大学放暑假期间正好适合火村实地考察，警方也非常清楚这一点。

大阪府警的船曳警部也说，暑假最容易叫到教授。

“你刚才说凶案是昨天晚上发生的，那尸体是什么时候被发现的？”

“十一点不到的时候。死者为四十四岁的女性，是她丈夫发现的。发现时是什么情况，我也还没具体了解。”

这个时间被发现的话应该会刊登在晨报上。我在搞什么呀，难得今天早起，居然只看了体育报纸。

我们向西走着，来到了一条我似曾相识的路上。这条路通向藤田美术馆。

“喂，有栖，你东张西望在看什么呢？”

“没，没看什么。”

我回想起一年前看到的那家店，四处张望寻找着那条小巷。如果没记错的话，应该就在这附近……

只见前方拉起了蓝色塑料布，我们到达了现场。

“那栋房子是凶案现场……”我话说到一半突然打住。蓝色塑料布遮住的不是房子，而是小巷的入口。

“死者在自己家开了一间店铺，店铺的入口对着巷子。”火村看了我一眼，“你怎么了？”

“‘耳屋’？”

“你说什么？”

正在这时，蓝色塑料布被掀了起来，鲛山警部补从里面走了出来。

“我正想两位是不是快要到了呢。”

如果把他和火村放在一块儿，问哪个是刑警、哪个是大学副教授，相信大部分人都会答错。警部补戴着眼镜，没有丝毫的违和感，看上去俨然电视剧里出现的学者模样。而火村的脸上则蒙着一层淡淡的阴霾，这层阴霾多少会让人联想到在血腥的凶案现场调查取证的刑警。

我走进蓝色塑料布一看，果然是那条巷子。

鲛山指着招牌说：“就是那家店，他们家做的买卖有点特别。”

“‘耳屋’，是给客人掏耳朵的吗？”

火村和我的想法一致。

“不，不是。据死者丈夫所说，好像是‘倾听师’。”警部补将双手放在耳朵边，“她的工作好像是专门听别人说话。等一下我会和你们详细说明，先请到里面。”

我们跟着警部补，踏入神秘的店内。门一开，就听到里头的感应门铃发出了声响。

我期待着令人眼前一亮的景象，然而展现在面前的只是一个普通的玄关而已。墙上挂着一幅平平无奇的山村风景画，正前方的纸糊格子推拉门完全敞开着，里面是一间和式风格的房间。我们穿上警部补递来的鞋套，走了进去。

“这间八张榻榻米大小的房间就是店铺了。死者在这里从事倾听师的工作。这个表达听上去有些奇怪，应该就是心理医生的一种吧。死者的工作是倾听有心事或烦恼的客人倾诉，减轻他们的心理负担。”

“哦，所以叫‘耳屋’啊。”我嘀咕道。原来店名的意思是：侧耳倾听您的诉说。

榻榻米上面放着一张沉甸甸的桌子，桌子两边各摆着一张靠背很高的椅子，左后方的壁龛上挂着一幅水墨画，整个房间就像是由町屋改建成的日式料理店的包间。无论是桌子还是水墨画，看上去都是便宜货，作为日式料理店都有些寒酸。

天花板上的照明也是日式风格，暖色光隔着和纸渗透到整个房间。光的亮度非常低，大概店主想在一种幽静的氛围中接待客人吧。壁龛立柱旁的小花瓶里插着几株芒草，给房间增添了些许雅致。壁龛对面，右手边墙壁的装饰架上陈设着一个不及手掌大的迷你香炉。房间里飘着一丝淡淡的芳香，大概是常常焚香的缘故。

整个空间简约朴素，日式西式混搭，不过整体非常协调。虽然桌子太大有些影响空间比例，但房间相对变小则方便面对面交谈的两人产生亲密感，或许这样有助于客人更加放松地诉说自己的心里话。我原本以为店主只是随意地将住宅的一部分改成了商铺，现在看来的确是一家名正言顺的小店。

“这里就是案发现场。被害人侧身倒在桌子旁边，死因为脖子被勒，窒息而亡。”

警部补说完，命令在场的刑警取来了现场的照片。火村接过照片，一张一张地浏览起来，并将看完的照片递给我。我陪同火村实地考察期间，看过不少倒在血泊中死状凄惨的尸体照片。不过，如果可以的话，我还是不希望看到这些。这次的死者虽然没有流一滴血，但眼睛突出来的模样实在惨不忍睹。

这其中也有一张死者生前的照片。照片中的女人面相和善，让人感到亲切，眼角微微向下，非常有亲和力。当然，仅凭一张照片无法知道她的为人。

“凶手和死者之间应该起了一些争执，不过看样子并没有发生激烈的打斗。除了脖子上的勒痕，死者外表没有明显的伤痕。”

可能凶手是趁其不备，也可能是因为凶手与死者之间力量太过悬殊。我和火村默默地听着，鲛山继续说道：

“死亡时间大概在昨晚的八点至十点，现场没有留下凶器。照片上或许看得不太清楚，凶手用的不是细绳或线缆，而是类似毛巾那样有一定宽度的东西。不过，我们没有采集到残留的纤维，应该不是毛巾吧。”

凶手一开始就计划好了要勒死对方，从而带了凶器过来吗？或者刚巧身上带着可以用作凶器的东西。

“抱歉，刚才忘说了，死者名叫矶原纪久子，四十四岁，和丈夫矶原兼介一起生活，没有孩子。十二年前，在这里开了这家店。”

“生意好吗？”火村看着死者的照片问道。

“据矶原兼介所说，店里有定期光顾的常客，时不时也会来新客人，生意还算不错。每个月差不多有十万到二十万日元的营业额。”

“不太稳定嘛。而且只有这么一点儿钱，不够他们夫妻两人的生活开销吧。她丈夫从事什么工作？”

“做过各种工作，乐队成员、汽车销售、小众传媒杂志编辑等，现在为无业状态。你听了可能会觉得他是个吃软饭的，但其实他身材魁梧、体格健壮，从外表上看是个事业有成、能赚大钱的男人。”

矶原兼介正在二楼休息，过一会儿可以去向他问话。

“我们没有找到任何像是凶手留下的东西。这个房间有许多人进出，所以桌子椅子上都检测出了大量的指纹。听说这个房间不只是专门用来做生意，也会用来接待非工作上的访客。”

火村拿起一张照片，问道：“尸体被发现的时候，桌子上放着两只茶杯。这上面也检测到指纹了吗？”

“关于茶杯，我正想跟你们说呢。两只茶杯上面都没有检测出指纹。应该是凶手特别小心谨慎，把两个茶杯都擦过了吧。”

“这么一来……”我开口道，“那说明被害人给凶手上了茶呀。不过，不太清楚是来找她倾诉烦恼的客人，还是因为别的事情来拜访她的熟人。”

“残留在茶杯里面的是薄荷茶，那是矶原纪久子的钟爱。不管谁来访，她都会上这个茶。”

“死亡时间大概在八点至十点，这个时间段，死者还在店里营业吗？”

“听说她没有固定的营业时间，通常会在七点左右打烊，但也有些客人只能晚上过来，所以有时直到九点，她还在接待客人。不知道昨天是什么情况。”

“有没有客户名单或者工作日志之类的东西？”

“名单没有，只找到一本记录工作安排的笔记本，内容非常简略，都不能算是工作日志。笔记本里昨天那一栏什么也没写。我们正在调查她的通话记录，已经找到了许多和她联系过的人，应该都是她的客户。”

我脑海里浮现出桌子两边对坐着的两个身影。一个是矶原纪久子，而坐在她正对面的则是一个黑色的人影。

“这么看来，凶手成了她人生中，最后一位一起喝茶的人啊。”

“从目前的情况来看正是如此。”

火村一言不发，将视线投向纸糊格子推拉门。推拉门上没有任何破损的地方，看不出上面有什么线索。我猜他只是刚好看着那个方向而已吧。

“虽说隔墙有耳，隔篱有眼[①]，但就算它们听到了、看到了案发的始末，也没有嘴巴，没法给你提供证词哦。”

对于我的这句玩笑话，他回敬道：

“话说回来，有栖川先生，你知道案发时，这个房间里总共有多少只耳朵吗？”

“当然是凶手和被害人两人的耳朵，即四只啊。墙上的耳朵忽略

---

① 此谚语的日语原文为：“壁に耳有り障子に目あり”，字面意思刚好就是，墙壁上有耳朵，格子推拉门上有眼睛。

不计。”

“错了，是六只。这个房间里面还有两只耳朵。”

“你的意思是，除了凶手和被害人，还有第三人在场？！”

生性耿直的我两分钟以后才意识到，他说的耳朵指的是茶杯的把手。

3

在凶案现场正上方的房间里，我们见到了矶原兼介。这个房间为西式风格，铺着木地板。纪久子把这里用作了会客厅。

“这栋两层民房原本是住有两户人家的分割住宅，朝北的那面住着另外一户人家。十二年前，他们搬回老家的时候，我们买下来，改建成了独栋住宅。这里其实还是两套房子，有两个玄关，一楼后面连通着，方便进出。这边这一套是纪久子工作用的。二楼里面是她的卧室。”兼介说道。

这个男人看上去非常结实，光脸部的骨架就让人感觉十分凶悍，肩膀呈倒三角形，胸板厚实，身高有一米八五左右。眼神何止锐利，简直可以伤人，小朋友看到他一定会被吓哭吧。他今年四十六岁，比他妻子大两岁。

我和火村首先向他表示了哀悼。大块头男人蜷起身子向我们微微鞠了一躬，鲛山向他介绍了我们两人的身份。

我们和鲛山三人肩并肩，并排坐在沙发上。兼介则从隔壁房间搬来一张板凳，放在了屁股下面。他坐在那儿显得十分局促，这应该是他妻子放在梳妆台前的凳子吧。在他的身后可以看到一台最新的 4K 超清电视机。尽管丈夫没有工作，但是这对夫妻的日子似乎过得还挺滋润的。

“您是第一位发现您妻子尸体的人，想必一定受到了不小的刺激。我能理解您的痛苦，不过，还是希望您能回答我们的问题。”

“当然可以，火村教授。”兼介坚定有力地回答道，“为了能早日抓到凶手，我愿意把我知道的全都告诉你们。这也算是为我老婆复仇。”

他很是激动。不知道他内心深处是怎样的一种情绪，但从表面上看来他的愤怒多于悲伤。不过，他的话不能全部当真。上二楼之前，鲛山在我们耳朵边悄悄交代过：警方已经从附近居民那里打听到，纪久子和兼介两人的夫妻关系并不融洽。

首先，火村向他询问起发现妻子尸体的经过。

“以前的一个同事，和我说他要开一家汽车用品店，问我去不去帮忙。我们一起吃晚饭聊了一会儿，九点十五分左右我回到了家。不是这边，是北面那套房子。然后我弹了一会儿吉他。十一点不到的时候我过来看看老婆，结果发现她倒在了店里，身上快没了温度。但我还是叫了救护车，同时报了警，因为她脖子上有勒痕。你问我有没有动过现场，没有没有，我怎么会做那样的事。我什么东西都没碰，一直在玄关外面等着警车过来。”

死亡时间大约在八点至十点，不能排除他回到家后作案的可能性。

“你最后一次见到你太太是在出门前？”

“下午五点多，我和她打了声招呼，说我出门了，这是我最后一次见到她。当时她在楼下里面的房间喝着茶。”

“你回到家后，没有听到可疑的声音或动静吗？”

“完全没听到，估计是我戴着耳机在弹吉他的缘故吧。”

听说他玩过摇滚，原来是电吉他手呀。兼介说，现在摆弄乐器只是他的一个兴趣爱好。不过有时候，一时兴起，他能戴着耳机连续弹两个多小时。

“就算你没听到声音，但这边如果发生打斗，你应该也能感觉到震动吧……”

“如果是很多人在打群架，肯定能感觉到吧。但是，教授，你可别太小瞧我家这栋房子哦。虽然外面看上去破破的，但内部结构非常牢固。老婆突然倒地这样的动静，我应该感觉不到。”

“真抱歉。”副教授表示歉意后，继续问道，“除了您太太倒在地上以外，还有什么别的和平常不一样的地方吗？”

“没有。我按刑警先生的吩咐检查了一下里头的房间还有二楼，没有任何异常的地方。”

“昨天晚上，她提起过待会儿会有客人来之类的事吗？”

“没听她说起过。我老婆平常不大和我说这些事，除非是和我直接有关系的。”

他说了这么多，其实只是在强调一点：自己走进这个房间时，妻子已经死了。

火村换了一个问题："请您介绍一下您太太从事的工作，说不定这和案件有密切的联系。倾听师这份工作是不是类似心理咨询？"

"我没有接受过心理咨询，不过心理咨询师应该会给病人提供适当的建议吧。比如，'你别想太多了'，或者'你可以把一部分时间放在兴趣爱好上，注意劳逸结合'等。或是一些更高明的建议。我老婆不说那些，她只是一味地听客人倾诉，时不时轻轻点头而已。纪久子自己是这么说的，我也没亲眼看过她工作的样子。"

"只是一味地听，客人会满意吗？"

兼介用汗毛浓密的粗手指挠了挠脖子，说道：

"问题就在这里，我也觉得很奇怪。我还讽刺过她，光听别人说就行，你这生意也太轻松了吧。她的价格是三十分钟三千日元，听说都有客人滔滔不绝说了两个小时，这一下就是一万两千日元。话说回来，也有不少人觉得，能把积压在心中的负面情绪一吐为快，这个价格挺便宜的。我老婆曾自信满满地说，几乎所有客人都是满意而归。"

"看来她非常擅长倾听啊。"

"嗯，这个……不大好说。工作和生活是两码事吧。听我发牢骚时，她总是凶巴巴地说'那当然是你不对'。"

他这显然并不是在承认夫妻关系不和。相反，他在暗示，他们是一对非常普通的夫妻。

"是什么原因使她选择从事这份工作的呢？"

“因为她自知自己擅长倾听吧。她还是学生的时候，经常有朋友找她诉说烦恼。结婚以后，也总有找她倾诉的电话打来。我家那口子对着电话几乎啥也不说，只是‘嗯嗯’‘哦哦’，随声附和而已。可是最后对方总会说，找纪久子倾诉一下真是太对了。有一次，我在一旁看着，忍不住说道：‘你光听就可以治愈对方的内心，这算是一项特殊才能吧。’她把我这句话听进去了，和我说：‘那我试试以此为业吧。既能帮到别人，又能赚到钱，岂不一石二鸟？’于是便开始了这份工作。”

纪久子并不是一下子就在家门口挂出了“耳屋”的招牌。刚开始她想着要拿到心理咨询师资格证。但是，当得知要获取这个资格得花费大量的时间与金钱之后，她便决定看看相关方面的参考书籍，转而朝着占卜师的方向努力去了。估计她觉得占卜也属于一种心理咨询吧。

“这想法真有意思。她去拜谁为师了吗？”

“没有，她没搞那么麻烦，直接当起了一名新手占卜师。我们在报纸上发现一则招聘广告，上面写着‘急招占卜师，无经验者将从零基础指导’。我当时特别吃惊，居然有这样的广告，这不等于告诉大家什么人都可以来当占卜师嘛。不过，其实这也没什么。占卜师既是低门槛的心理咨询师，同时也是卖艺的吧。这么一想，那条招聘广告也没什么不正经的。我老婆应聘后确实被录用了，做了差不多一年呢。听说她的火柴棒占卜很受欢迎。她会在一个烟灰缸里点燃三根火柴，然后根据燃烧的样子……”

这一年里，纪久子学会了如何与顾客打交道，获得了自信。万事俱备，她开始了自己的倾听屋生意。最初，她在福岛区内的一栋老旧商住多用大楼里租了一个店面，那栋楼刚好缺租客。店名从那时起就叫“耳屋”。尽管她只是在电线杆上贴了一些小广告，却吸引了不少客人。她这神秘的买卖刚起步便大获成功。

“她吸引到了喜欢占卜的客人吧。”

听我这么一说，兼介猛地拍了一下大腿，说道：“没错，您知道的可真清楚。我家那口子的店铺刚好在福岛圣天通商业街附近。”

这条商业街紧邻JR环状线福岛站，是一条建于“二战”前的老街，位于通向圣天了德院——即被人们称为圣天寺的朝圣大道上。该商业街一度濒临荒废，后来当地政府看准圣天寺与江户时代的算命大师水野南北有渊源，召集了许多占卜师前来营业，同时对老街进行了修整，打出了一条“不卖别的只卖占卜——占卜商业街”①的广告标语，每天客人络绎不绝。

“前来商业街占卜的人非常好奇‘倾听师’到底是什么职业，接踵而至。我们自己也没想到居然能旗开得胜。本想一直在那儿经营，但没过两年，那栋楼的业主因为自身原因单方面和我们解除了租赁合同。刚好那个时候，隔壁住宅也空出来了。于是我们便把南侧房子改建成

---

① 此处日语原文为“売れても占い商店街”。其中“占い（占卜）”和“売らない（不卖东西）”双关，两个词发音相同。此处意思为：此商业街出售的商品为“占卜”，即使买卖成交，卖的也不是实际商品，而是占卜。

店面，让她可以继续倾听屋的生意。”

这里离京桥车站较远，并且门口对着小巷，地理位置差了许多。不过纪久子在福岛区的时候积攒了常客，另外也有一些冲着口碑而来的客人。所以“耳屋”在小巷子里也能继续经营下去。

“她发挥自己的特长，本来做得挺好。没想到发生了这样的事……”

兼介说着，把棒球手套般的大手放到了额头上。犯罪学专家仔细观察着他的一举一动。

“你听她说起过，和客人之间发生过什么争执吗？”

“我想到一件事。”

关于这件事，鲛山事先也和我们略微提过。现在是从兼介口中重新听取具体细节。

“虽然我老婆生意经营得还算顺利，不过有时也会碰上古怪的客人。我记得有个女客人一直纠缠她，让她挺烦的。”

兼介从妻子口中得知，那位客人不仅仅是找她倾诉烦恼，还希望她能给出针对性的建议。然而纪久子只是不温不火地说些“嗯，这样子呀”“哦，您可真不容易啊”之类的话。对方大发雷霆，责备纪久子没有给出她想要的建议。

“对方气势汹汹地说：‘你什么意思！光听而已，你是在耍我吗？’那个人一点儿也不讲道理。最后她甩了一句：‘我可不想被你说成吃霸王餐，钱我放这儿了。来这里反而让我更加不舒服了。’如果这个客人从此再也不来了，那倒也没什么大不了的。可是，这个人怪得很，才过半个月又跑来说：‘不找个人倾诉，我心里憋得难受。上次已经从头到尾都跟你说了，希望你能再听一次。’对方如此恳求，我老婆就放松了戒备，听她倾诉，结果……”

“同样的情况又重复了一遍？”

“是呀。我老婆已经再三强调没法给出解决方案，可对方还是一个劲儿地要求她给出建议。最后那个女人又火冒三丈，大声叱责说：‘这不等于我在你面前自取其辱嘛！’那女人简直太莫名其妙了吧。”

这些也只是兼介从他妻子那里听来的。纪久子的为人我们不太清楚，很难判断他刚才说的几分是真几分是假。不过，如果事实确实如他妻子所言，那只能说明那位女客人性格相当扭曲。关于那位客人来店里具体倾诉了些什么，兼介表示，纪久子并没有向他提起过。

“那您太太是如何应对的呢？”

“给对方下了逐客令，叫她再也别来了，但那个人还是对我老婆纠缠不休。我老婆出门买东西时，还遭到她的堵截，一定要我老婆给她一个合理的回答。街坊邻居也都看到了，大家都说那人不正常。我希望你们能把她作为嫌疑人好好查查。”

纪久子记录了那位女客人的姓名和住址。她住在都岛区，是一名家庭主妇，名字叫川路柔梦。这个名字比较特别。

“我老婆吐槽说，那人不应该叫‘柔梦’，应该叫‘噩梦’才对。”

“昨天晚上，如果那个川路柔梦又来了，您太太应该会将她拒之门外吧。”

火村刚好把我心里所想的说了出来。

“她第二次来的时候，态度发生过一百八十度大转变，我老婆就轻易被她骗了。所以昨天如果她来了，估计又是那副样子吧。如果是我，绝对不会见她，但我老婆只要别人向她求助，就会心软。”

“我们会好好调查此人。”鲛山说道，“刚才已经和她联系上了。她说上午要去照看受伤住院的老公，我们约好了下午见面谈谈。”

听到这话，兼介终于放心了。

“除此以外，你还有别的头绪吗？”火村问道。

兼介摇了摇头：“可能与其他客人也闹过一些小矛盾，但我只听老婆提起过川路柔梦一人。另外，她也可能与昨天初次光临的客人发生了争执吧。”

纪久子在多家小众媒体杂志以及免费赠阅的报纸杂志上刊登了“耳屋”的广告。如果是拨打了广告上的电话预约前来的客人，工作安排记录本上都留下了记录。但是，有些客人事先并不预约，而是直接登门，这种情况下客人的身份就无从知晓了。

“凶手未必就是顾客。她平常的生活交际中，你能想到什么可疑的人吗？”

“没有。”

“你们夫妻关系如何？”

“哎哟！老婆被杀，老公就有嫌疑，通常都是这样吧。而且我还是尸体的第一发现人，自然会被你们怀疑。”兼介自嘲道，“我们算不上是鸳鸯夫妻，时常也会吵架，不过总体还算幸福美满吧。吵架的原因，主要是这一年来我没有稳定的工作，整日游手好闲，老婆生气也是理所当然。估计我是男性更年期综合征吧，最近总觉得身体不适，工作起来相当吃力。”

兼介的朋友邀请他去汽车用品店帮忙，他也以待遇条件不合适为由拒绝了。难道是他回到家提起此事，纪久子听后怒不可遏，两人大吵一架从而酿成了悲剧？茶杯可能是他为了伪造客人到访的假象，故意摆出来的。当然这只是我的想象罢了。

“啊，我事先和你们声明一点，我老婆没有买人身保险。她自己不愿意。一是她不想每个月付那笔钱，另外她还说，‘即使我哪天突然死了，你也能活下去吧’。当然，我也没有耍花招骗她，偷偷给她买保险。”

鲛山说得没错，眼前的这个男人并不简单。但是，他说自己处在更年期不想工作，所以也完全谈不上事业有成，估计一直都在吃软饭。仅因为妻子指责自己游手好闲就痛下杀手，这也不太可能吧。

“想想真是恐怖啊。”兼介叹了口气。

他是在说知道别人的烦恼是件很恐怖的事，还是指人本身非常恐怖呢？我正琢磨着，结果发现两者都不是。

“开一家店真是一件非常恐怖的事情。嘴上喊着‘欢迎光临’，但其实是把一个完全陌生的人请进来，当然无法预知对方会做出什么事来。发生了这样的事我终于才体会到……也许我应该只让她在电话里听听朋友的倾诉，不应该让她把这个作为一项生意。”

他的话不可全信，不过听起来倒也不像是完全作假。

“本以为理所当然的事情，突然有一天让你觉得恐怖，这种情况并不少见。”我顺着兼介的话说道。

一旁的火村微微点了点头。

4

与矶原兼介面谈结束后，我们重新回到楼下。穿着背带裤挺着啤酒肚的船曳警部正站在案发现场，他光秃秃的头上冒着汗珠，不停地扇着扇子。

“大热天的，把你们叫来，真不好意思啊。”

本次案件的专案工作组设在了都岛警署。船曳从那儿赶来，并不单单是为了和我俩打个招呼，他过来是为了亲自感受一下现场。

“两位专家，这话也许有点儿措辞不当，我觉着这个案子相当耐人寻味。被害人很耐人寻味。”

警部说得“津津有味”，就差把舌头伸出来舔舔嘴唇了。难得听到警部说这样的话，火村不禁笑了。

“怎么了，警部？看样子你是得到什么有趣的线索了吧。”

“矶原纪久子有可能是个大奸商，她的银行账户里有很多来路不明的汇款。”

“耳屋”的服务费都是通过现金结算，每笔生意顶多三千到两万日元。然而，她的银行户头里却时常出现几十万日元的汇款。

“汇款人为被害人店里的顾客。我想说什么，你能明白吧，有栖川先生。”

警部看了我一眼，似乎在说，我话都说到这份上了，你也应该明白了吧。

“顾客将赊欠的费用一次性打给了被害人——这种可能性呢？警部，你并不这么认为是吗？”

“是的。”警部在我们面前挥了挥他的记事本，然后打开。

“来路不明的汇款是从六年前的七月开始的。就最近来说，有两笔比较可疑。一笔是一名叫山越惣一的人分三次共汇了八十万日元，另一笔是一名叫小岩井理步的人分两次共汇了四十万日元。这两笔都不像是将赊欠的服务费一次性付清的款项。被害人的工作安排记录本里留有与山越、小岩井的面谈记录。根据记录，山越只来过两次，面谈时长总共两小时；小岩井则只来了一次，时长一小时。”

“被害人漏记的可能性呢？”

“我不这么认为。你看了记录本就知道，记录得十分详尽。那个记录本可不是单单的预约信息登记本，更像是每天的工作日志。虽然里面并没有详细记载与顾客的具体交谈内容，但是什么时候、和谁、面谈时间从几点到几点，这些内容都记载得十分详尽。”

“面谈时间与汇款金额之间差距悬殊，这说明……”我已经猜到警部要说什么了，“被害人敲诈了某些人？她利用在这个房间里知道的秘密敲诈了她的客户……”

“没错，这种可能性极大。一听被害人是倾听师，做着专门听人倾诉的买卖，我就觉着这里面大有文章。表面上将自己伪装成心理咨询师，暗地里却搜集着客户们的各种秘密。这么一想，这还真是个可怕的职业。从别人那儿听来的秘密越积越多，从而鬼使神差地打起了坏主意。”

如此说来，那持证上岗的心理咨询师以及倾听他人忏悔的神父都变得可怕了……

“我并不认为倾听师是如此不堪的行当。”火村说道，“倒有可能确实是一个存在潜在风险的行业。我很好奇被害人是如何倾听他人诉说的。从被害人这里得到了心灵慰藉的人、像川路柔梦那样对被害人的服务大为不满的人……我想知道这林林总总的顾客们是如何看待这里的？”

“这儿的常客当中，有一个人就住在附近。”鲛山说道，“听听常客对这儿的评价，应该相当具有参考意义。和被害人发生过冲突的川路那里，如果你要去的话，我找人和你一起吧。她住在都岛区，开车过去一会儿就到。山越惣一和小岩井理步那儿也去吗？”

“警方这边也会安排人手进行取证调查吧。如果能一道前去，当然再好不过。”

看来得在烈日炎炎下东奔西走了。不过，如果警方安排车辆一同前往，那将轻松不少。

“好的，那么拜托了。”船曳说完，离开了现场，看来他得赶紧回专案组总部。

火村忽然伸出手，揭开了置物架上香炉的盖子。“怎么了？”警部补问道。犯罪学专家并未回应，随口敷衍了一句，然后钻到了桌子下面。他在找某样东西。

“鲛山刑警，你看这里。”

跟着警部补，我也钻到了桌子底下。火村指着一处地方说道：

“你摸摸看，这个痕迹明显是黏性胶布被人撕掉后留下的，还挺新的。之前肯定有人在这里粘贴了什么东西。”

警部补应该已经心领神会，不过我在他之前先说了出来：

“是录音笔之类的吧。纪久子在这里贴了录音笔，把自已与客户的对话录了下来。”

她如果真的恐吓了他人，那录下客人谈话中留下的把柄也没什么好奇怪的。正因为她手上捏着证据，对方才不得不支付巨款吧。

“虽然没有确凿的证据，但这种假设应该是合情合理的。我一开始还以为在香炉里面。不过在那儿的话，警方在初步调查时应该早就发现了吧。于是我突然想到桌子底下很可疑。之前贴在这里的东西并不是被警方收缴了吧。”

“当然。”鲛山说，“如果发现了那样的东西，我们早就向你汇报了。就算桌子下面真的安装了录音笔或者别的录音设备，那也已经被人取走了。是凶手干的吗？”

“未必，我们并不清楚案发时桌子底下是否真的安装着录音笔。胶布印子虽然还挺新的，不过也可能是几天前的痕迹了。”

这话没错，可是……

“那也不能排除死者遇害时录音笔已经被安装在这儿的可能，不是吗？假如是这样的话，那里面就记录着案发时的所有声响。凶手的声音以及纪久子说到对方名字的话语，全都被录了下来。所以凶手不会将它留在现场，一定已经拿走了吧。”我从桌子的一边探出了头，说道。

火村从桌子的另一边将头探了出来，说：“如果凶手知道这里装有录音笔，那他当然不会放着不管。但凶手在作案后，出于某种巧合偶然发现录音笔的可能性较小。为什么凶手会事先知道，或者说他能推测到，有这么一个录音笔呢？”

“道理很简单，凶手就是纪久子以录音为把柄敲诈勒索的对象。”

我和火村一起缓缓地站了起来。鲛山早就站到了墙边，他低沉地喃喃道：

“嗯……目前唯一能确定的就只是桌子下面有一处黏性胶布贴过的痕迹。你们刚才的推理建立在重重假设之上，有些站不住脚，不过还是很有意思。假如真的是这样，那矶原纪久子更加恶劣了，简直就是为了寻找可以敲诈他人的把柄才当起倾听师的。你说是吗，教授？”警部补皱着眉。

“或者是她在从事倾听工作的过程中，某个人向她倾诉的秘密，让她看到了‘商机’，由此开始了这不可告人的买卖。”火村说道，“找山越愢一和小岩井理步两人问问，应该能让我们对纪久子有一个更加真实的了解。”

我们上到二楼，向兼介询问纪久子账户里那几笔可疑的汇款。他听后满脸疑惑，一个劲儿地声称他从未看过妻子的银行存折，根本不知道有这回事。他还反过来问我们那几笔钱款的来路。鲛山只好应付他，说警方会彻查清楚。

“有个刑警说，警方要调查我老婆的电脑。我想和你们说，我家那口子只用电脑查一点资料而已，那里面发现不了重大线索。你们应该先去调查那个找碴儿的女人……”

兼介始终坚持川路柔梦嫌疑最大。

“我们全都会认真调查的。以防万一，我还会派人把电脑里删除的数据复原。川路柔梦这个人我们也会彻查。”

警部补打发了兼介之后，叫来搜查组里年纪最小的森下，吩咐他带着我和火村去拜访一位“耳屋”的常客。我们跟着森下，步行了三分钟左右，来到一幢房子面前。这户人家的女儿会定期光顾“耳屋”。

“抱歉，我又过来了。”森下朝房子里面呼叫道。

闻声出来的是一位身穿背心的女孩，她站在门口欣然接受了我们的问话。

“从客观上来讲，我的烦恼和迷茫都是一些小事。比如，打工的地方一位前辈故意刁难我，相亲会上有人对我说了很过分的话等。我自已也知道这都是些微不足道的小事，但总是对这些事耿耿于怀，一直憋在心里，感觉自己要爆炸了。古人不是说，‘心间有言而不语，犹腹闷气郁’吗？”

这是吉田兼好[①]的诗句，确实是古人。

“向父母倾诉时，他们不仅不安慰我，反而对我说教。我也不想在朋友面前示弱，所以只好一直忍着。就在这时，我从街坊邻居那儿听说了矶原老师的事，抱着试一试的心态，我去拜访了她。去过之后……”

矶原只是彻头彻尾地听对方倾诉。女孩说着说着情绪激动、号啕大哭的时候，矶原也只是默默地拍着她的肩膀，给她倒茶，仅此而已。然而女孩却从中得到了极大的宽慰，积压在内心的负面情绪像被水流冲走了似的，得到了释放。

“感觉自己被一股暖流所包围。这是我在其他地方从未体验过的。老师和我说：‘今天晚上好好睡一觉，明天好好努力，我看好你哦。累了倦了，随时都能来我这儿。’于是我便接受了老师的好意。这一年来，坏事不断，我大概每个月去老师那里一次。老师不会给我意见，也不会向我提问，只是听我诉说。也许有人会说，仅此而已吗？可这世上，就是有人连这种‘仅此而已’的小事也不被允许，不被认可，万分痛苦地活着。我非常感谢老师为我做的这些‘仅此而已’的小事，想不到这么好的老师居然惨遭杀害……”

---

① 吉田兼好是日本镰仓末期至南北朝时期的诗人、随笔家，代表作有被誉为日本三大随笔之一的《徒然草》。上文中提到的诗句正是出自《徒然草》第19段。

看着女孩湿润的眼眶，我顿时也眼角一热。共情是我的长项。不过，我到底还是没流出眼泪。

她因失去了精神上的支柱而扼腕叹息，火村安慰道：

“不开心的事、难过的事，这些坎儿都只能靠你自己迈过去。如果矶原老师生前给了你很好的建议，你就把她的话记在心里。”

火村向来对女性十分冷淡，今天倒是说了一句暖心话。

看来女孩被他的话深深打动了。

“嗯！”她回答道，可不一会儿脸色又晦暗了下来，“谢谢您鼓励我，但是……您是叫火村教授对吗？我即便想再次得到您的鼓励，也无法轻易见到您。矶原老师就住在附近，我可以随时依赖她。这点对我来说特别重要。”

她眼睛里泛着光，在向火村撒娇。看来比起“杰尼斯系美男”的森下刑警，火村副教授才是她喜欢的类型。该问的话都已经问过了。我向女孩道谢，而后告辞。非常抱歉，火村教授的“暖心话库存”捉襟见肘，少得可怜。

“矶原纪久子人挺好的，不像是那种会做出敲诈勒索勾当的人啊。”

我将自己朴实的想法脱口而出，这次不是火村，而是森下提出了反对意见：

“有栖川先生，你别着急下定论，我再带你去见一位女士。她的住处就在路口，与凶案现场隔着一幢房子，她也是‘倾听师’。”

我没明白森下的意思。他也不解释，继续说道：

“矶原以倾听他人的烦恼为业，可她自身也深陷于无限烦恼之中。”

这位女士年过六旬，骨瘦如柴。她招呼我们进了玄关，也许是顾虑到在家门口谈论杀人案件会引来路人驻足，不方便说话。不过，我很快意识到，其实她也是为了自己能说个痛快吧。

“她和她老公相处得并不好。她老公不工作不是一年两年的事了，已经三年多了，每天无所事事。他要是我老公，我要么把他踢飞，要么将他扫地出门。她老公自称干过很多工作吧。他呀，不管干什么都没常性，典型的没用的男人。不仅如此，还到处拈花惹草。就在前几天，她老公还和一个陪酒女在梅田一带闲逛呢。她老公将手搭在人家腰上，亲热得不得了。邻里都看见了。她老公还挺有女人缘的，大概因为嘴甜吧。男人越是渣，嘴巴越甜，有些女人就是容易被高大魁梧的男人所吸引。空有其表而已，真不知道这些女人怎么想的。”

矶原兼介被她说得一文不值。

“吵架？经常吵。她大吼着，‘你就是屡教不改，又干坏事！’把她老公赶出家门。吵架的原因不是因为赌博就是因为这个。”女人说着，竖起了小拇指，“两人倒是没打过架。别看她老公块头大，其实是个‘妻管严’。说来也真不可思议，不过夫妻嘛，就这么回事。警察先生，两位老师，你们都是单身？哦，那你们可能没法理解。啊，对了！听了我这些话，你们该怀疑她老公是凶手了。但借个胆子给他，他也不敢。她老公肯定不是凶手，他可不敢对纪久子女士动手。他们家一直以来都是女强男弱，他哪敢杀老婆啊。财政大权也是由女方掌握，男方连零花钱都少得可怜。有的时候，男方还去熟人那儿打打工，真的就是为了赚点零花钱呢。”

看来他没看过妻子银行存折一事，确实属实。这位邻居不仅把纪久子的老公贬得一无是处，也对纪久子本人冷嘲热讽了一番。

“人都死了，并不是我要故意落井下石，但这都怪她自己不好，搞出那么古怪的生意来。居然让素不相识的人来家里面说悄悄话，她胆子也太大了。只是坐在椅子上，不费一点儿力气，光动动嘴皮子……不对，她只是听而已，连嘴皮子都不动。这样子能有客人光顾，那真是个空手套白狼的生意啊。但是，那能算是正经工作吗？我完全没法理解。听说有个奇怪的客人找碴儿，让她非常伤脑筋。不过，我觉得她们之间发生争执，说不定纪久子女士这边也有问题。”

她是在说川路柔梦。我们向她询问细节，她说，她只知道那人在马路上追着纪久子大声叱责，嘴里喊着“你设身处地为我出出主意呀”“你没诚意”之类的话。

“纪久子女士的生意赚不了多少钱吧。店里客人算不上络绎不绝，她经常闭店在外面瞎逛，真不知道她对这个生意到底有几分认真。每个月能赚到十二三万已是好上天了吧。不过他们家日子过得倒挺滋润，前不久还换了台新电视。除了客人还有没有人进出？没有吧。她似乎不怎么和亲戚来往。听别人说，纪久子女士毕业于一所响当当的贵族女校哦，言谈举止温文尔雅，才俘获了客人的‘芳心’吧。但是，她脑子里在想些什么就不清楚了，感觉表里不一。有一个在超市打工的高中生告诉我，说那家的阿姨，好像偷了店里的口香糖。但有可能是自己看错了，所以并未追究。一个生活富裕的大人会去偷口香糖吗？肯定是那孩子看错了。但是……无风不起浪嘛，说不定她确实做了些招人误解的举动。”

我对矶原纪久子的印象急转直下，这与刚才那个姑娘口中的纪久子相比，简直判若两人。到底哪个才是真正的她呢？抑或两个都是。

现在我明白了为什么森下描述这位邻居时，说这个人也是“耳屋”——她有一副“顺风耳”，附近的流言蜚语都进了她的耳朵。

我们向她问起昨晚八点至十点有没有注意到什么动静。遗憾的是，她什么都没听到，也没看到有人进出“耳屋”。

“可能有人从巷子的另一头进出，那家店的位置非常方便客人偷偷摸摸地光顾。站在巷子一头，看准对面没人的时候，一溜烟儿似的迅速跑进去就好。出来的时候，趁巷子里没人的时候，迅速蹿出来，这样谁都不会知道他是从那栋房子里出来的吧。地理位置方便人偷偷进出，这点挺适合那生意的。”

她还向我们展示了一番她对现场的精准分析。

5

我们回到京桥车站附近，吃过午饭后，前往川路柔梦的住址。森下开车载着我们驶向都岛地铁站附近的公寓。那里离都岛警署——此案的专案组总部非常近，步行只需几分钟。

对方应该是一个异常凶悍的女人吧，我做好了心理准备。然而，开门将我们请进屋的竟是一个衣着朴素、面相老实的女人。她年近四十，总是低着头，说话腼腆。客厅的墙壁上挂着一幅蜡笔画，从内容上不难想象这幅画的名字应该叫“爸爸妈妈和我”。

“我从新闻上得知矶原女士不幸去世，非常震惊，内心久久不能平静。”

“你上午还在医院照看丈夫，真是辛苦了。”森下说道。

她重重地点了点头，简直像要把脖子折断了似的。

“我丈夫经营一家装修公司。他在装修工地上遇到了意外，脚上没穿安全鞋，刚好一块钢板砸下来……肩膀也受了伤，至少得再住院一个礼拜。日常生活采购、家务什么的，一堆事儿等着我处理。另外，我马上还得去托儿所接孩子。所以麻烦你们长话短说。”

我们单刀直入向她询问起矶原纪久子。柔梦说，她是通过超市免费报纸上的广告了解到“耳屋”的。与邻里间的琐事、丈夫的不理解，以及对育儿方面的担忧，让她心情沉闷、沮丧不已，却又没有倾诉的对象。当时，她想着，如果对方能倾听她所有的烦恼，那一小时六千日元也物有所值，于是抱着试试看的心态去了“耳屋”。

“她确实事先和我说了，‘我这儿只负责听你的烦恼，不负责提供解决方案’。但我万万没想到，她居然真的只是听着。听的过程中，她只是敷衍地稍微回应一下我，到了时间，立马起身送客。她的服务真的就只有这些。她身为倾听师，光是听也没什么不妥，我也没期待她能给我什么建设性的意见。但是，如果她的工作只是‘听’，也得有让客人满意的听法呀。在她身上，我感觉不到一点儿人情味。这让我很是不满。我问她，你一直以来都这么做生意的吗？还是问题出在我这里？她只是淡淡地说了句‘没呀’。看着我困惑的样子，她似乎乐在其中。我顿时明白了：这个人她并没有将自己善于倾听的才能用来帮助他人，她只是冷眼旁观着深陷烦恼之中的人，并以此为乐。她为了满足自己的恶趣味，才经营了这家倾听屋，是一个冷血动物。”

我们又认识了另一个不同的纪久子。

“谢谢你如此坦诚。但既然那么不愉快，几天后你为什么又再次到访‘耳屋’呢？”火村的提问似乎戳到了柔梦的痛处，她扭捏地说道：

“我也觉得自己很奇怪。我对矶原女士十分生气，但是与此同时……由于向她透露了太多的个人隐私，我居然对她产生了一种莫名的亲近感，希望能再次向她倾诉。第一次的体验实在太糟糕了。我不禁想，那只是一个意外，说不定我也有不对的地方，于是去了第二次……”

“第二次你们又吵了起来吧。”

“你们已经听说了呀，太不好意思了。虽然她摆出一副‘你怎么又来了’的表情，但我还是低声下气地请她听我诉说。刚开始也还好，说到一半，她表现出不耐烦的样子，似乎在说，‘你的烦恼真是无趣，给我钱我都不想听’。我顿时怒火冲天……”

柔梦说着说着，涨红了脸。显而易见，她性格脆弱，遇事容易激动。她被日常生活琐事压得喘不过气来，看样子，应该是特别渴望丈夫能听自己倾诉吧。我不禁瞎操心起来。

柔梦否认了在马路上堵截矶原女士一事。她说，她并不是想找碴儿，只是希望对方能向她说一声抱歉。我不禁想，既然她对矶原纪久子如此不满，尽量远离这个令她讨厌的人才是上策啊。

“昨晚，你去了什么地方？”

听到这个问题，柔梦忽然暴跳如雷。

“我成犯罪嫌疑人了？哎哟，你们别吓唬我！那家店服务太差，我只是投诉抱怨了一下而已，你们竟然把我当成犯罪嫌疑人！天理何在！你们知道我昨天多忙吗？看孩子、准备今天拿去医院的东西、给在闹离婚的妹妹出主意、安排人来修理空调……还有其他做不完的事。

我本来预约了美发，都不得不取消了。我可没时间跑去杀人！”

柔梦露出了她偏执的一面。她歇斯底里地吼着，吓得我不敢出声。火村却依旧镇定自若。

“我理解你每天都很忙。像我这样单身一人，平常也没什么特别的事，有时候却也是一地鸡毛，心烦意乱。八点到十点之间，你给孩子洗了澡，还和妹妹通了电话，对吗？”

柔梦喘着粗气说：“是的。大概是九点，我正和妹妹打着电话，304室的人来了。他大半夜跑来向我反映楼上有人从阳台扔烟头下来，还叮嘱我一定要让业主委员会重视这个问题。我老公是业主委员会主任，所以他来找我。我正忙得不可开交，这邻居居然还把麻烦事推给我，我当时真想狠狠地教训他一顿。”

我不由得同情起她来。不过，那位304室的住户刚好可以证明，九点时她并未外出。柔梦说，算上中途被打断的时间，她用座机总共和妹妹聊了一个多小时。只需查一查通话记录便可以确定她不在场。

“我们向您询问不在场证明，只是走一个形式而已，望您谅解。关于矶原女士遇害一事，您有什么头绪吗？”

火村今天问话时的语气较平常更为温和、平稳。仿佛受到他的影响，对方也渐渐恢复了冷静。森下一脸佩服，那张脸似乎在说：嗯，这招我要好好学学！

“你就算问我，我也没法回答你。我对那个人一点儿也不了解。但是，对她心存不满的客人应该不只我一个吧。她对待其他客人时，态度肯定也很差……你们问完了吗？我要准备去接孩子了。”

“最后再问一个问题。”

火村伸出食指。柔梦看着他的指尖，无奈地答应了。

“你指责矶原女士的时候，对方是什么反应？”

“这个嘛……在店里……确切地说，是在她家里的时候，她只是反复强调那句‘我事先和您说过，我这儿不提供解决方案’。在路边的时候，她也只回了一句‘你凭什么指责我？请你不要再来了’。完全一副不痛不痒、无动于衷的样子，真羡慕她的厚脸皮。”

“我知道了。”火村小声说着，用手指轻轻划了一下嘴唇。

6

我们找到 304 室的住户，确认过柔梦所言属实之后，顺便去了一趟都岛警署。鲛山警部补已经回到了这里。他正站在船曳警部的办公桌前和对方谈论着什么。他很快注意到了我们的到来。

“你们感觉川路柔梦这个人怎么样？”

火村向他们汇报了我们面谈的大致内容。坐在椅子上的船曳警部听后笑着说：

“太忙了根本没时间跑去杀人——这话说得太妙了，应该是她的肺腑之言啊。日后如果有需要，我们再来查一查她们姐妹的通话记录吧。”

不仅是我，火村也感到了船曳警部莫名的从容，他问道：

“听你的意思，是有其他要优先处理的事吧。敲诈勒索这条线索有了新的发现吗？”

房间里开着空调，但船曳警部仍然扇着扇子。

“关于有哪些人往死者账户里打过可疑款项，我们已经整理出了一份名单，正在一个一个地查呢。很快就有人坦白了。一位五年前汇过三十万日元的女士坦言，这钱是被对方威胁而付的。当年，她和公司里的上司搞婚外恋，纪久子以此敲诈勒索了她。后来，她与丈夫协议离婚，也就无须害怕对方的威胁了。对她来说，这事已是过去式了，因此很爽快地交代了一切。四年前还有一个人汇过五百六十万日元，这引起了我们的注意。但不巧的是，此人已经病故，没法儿向当事人问话了。他到底因什么事情被敲诈勒索，就成了一个谜。”

看来中途停止向纪久子账户汇款的人大致分为两种情况：一种是被她抓到的把柄已不构成威胁，如前者那样；另一种则是被敲诈勒索的对象已故，无法继续汇款。

“刚才也向你们提及，就近期而言，给纪久子汇过款的为山越惣一和小岩井理步二人。这两人我们已经联系上了，并且安排好了面谈的时间。不巧的是他俩刚好指定了同一时间，并且面谈地点相隔较远。我想让两位专家都能陪同警方一道去，这下该如何是好呢？”

“分头行动吧。”火村迅速做出了决定，“我去见山越，他去见小岩井。”

警部当即拍板，于是我们兵分两路。山越指定的地点为他在守口市内的住址，那里同时也是他的办公室；小岩井指定的则是位于西区的某个酒店大堂。火村与森下搭档，而我则与高柳刑警——船曳警队里唯一的一位女性刑警一同前往。

“请多关照。”上车之前，高柳刑警朝我鞠了一躬。

“你太客气了，应该是我需要你的关照才对。”我回复道。

女刑警帅气地将前刘海往后一撩，坐进了驾驶室。

“忽然安排我去调查取证。我本来是负责确认矶原兼介的行踪的，可是失败了。”车子启动后，高柳喃喃地说道。

“你跟踪他，被他发现了？”

“是的。我已经很小心了，但还是被他发现了。他大声抗议：‘我吃个午饭，也要被你们监视吗？我不会逃跑，你们离我远点！’鲛山警部补就把我给撤了下来。那男人太神经质了。”

“光是死者的丈夫这一点，已经被大家说三道四了，更何况还是第一发现人。他大概寻思着，警方已经把他列为重大嫌疑人了吧。你们不跟踪他了吗？”

“没，换成别的刑警了。不过，那男人好像在闹脾气，把自己关在家里，大门不出，二门不迈，一日三餐都靠家里现有的东西解决。”

“小町，在你看来，死者丈夫很可疑吗？”

女刑警的真名叫真知子，“小町”是大家对她的爱称。

“说不上来。他看上去有些心神不定，大概是因为被警方盯着，不能自由行动吧。或许他想去见他的女友。”

“女友？”

“他的情妇。关于这个女人的身份，我们还在调查之中，很快就能水落石出。”

他的情妇就是“顺风耳”邻居口中的那个陪酒女吧。

“他想将近况告知女友。但是，妻子尸骨未寒，他就心急火燎地联系自己的情妇，这样会给警方造成不好的印象。他考虑到这一点，所以没和情妇联系。或者他的情妇主动联系过他，问他近况如何，他告诉对方，现在不是联系的时候，得等这阵风头过了再说。”

“原来如此。现在问题的关键在于，这位拈花惹草的丈夫到底是不是真凶。”

“对，关键就在于此。”

我们穿过大川[①]左转，接着从天满桥再度穿过蛇形的大川，然后沿着古町筋南下。

“没能和火村一起行动，真是遗憾啊。从我这儿什么也学不到吧。”我自嘲道。

“哪里哪里，”高柳说道，“没这回事儿。能了解有栖川先生的想法，这对我来说非常有益。”

在我的印象中，我不曾在她面前展示过任何精湛的推理能力。不过，火村曾说过，我的作用在于指出哪条路行不通。

“判别真凶后，和有栖川先生聊一聊，比较容易理解凶手的作案动机，特别是凶手心理异常扭曲的情况——这是我从火村教授那里听来的。你真不愧是小说家呀！”

她是在说我吗？小说家这一点确实没错。不过，我从未写过深入

---

① 大阪市中心东西走向的一条河流。

探讨人类深层心理的小说。

红灯亮了，高柳停下车，她看着坐在副驾上的我，问道：“关于本次案件，你有什么想法吗？”一缕碎刘海垂落在她的宽额头上，她迅速将其撩起，别在了耳后。

“目前来看，还是一头雾水啊。真想和矶原纪久子本人聊一聊，不过，不是让她作倾听者，而是作倾述者。”

“我原本以为，她出于想要帮助他人的心态，才做起了‘倾听师’。看样子事实并非如此。她给人的感觉阴森恐怖。凶手在那个房间里，与纪久子对面而坐，因为无法忍受她散发出的阴森气息，才一时冲动……即使受到对方的勒索恐吓，但要是杀了人，那与此同时也断送了自己的大好人生。”

“她丈夫似乎能忍受她呢。”

“她丈夫应该对她特别不满，却又不得不依靠她。或者说，对他们夫妻来说，彼此都是对方唯一的归宿。”

“一种相互依存的关系？小町，你更适合当小说家呢。”

“你太抬举我了。我一点儿文采也没有，光是做个笔录就已经精疲力竭了。”

我们又碰上了红灯，停在信号灯前，她向我问道：“火村教授亲自参与凶杀案的侦查，并以此为研究手法，这其中有什么特别的缘由吗？”

“他应该是想观察被捕之前的凶手吧。”

虽然这只是我的猜测，但应该八九不离十。

“他出于这个目的加入警方的刑侦工作，这点我能理解。教授每次都比警方抢先一步找到真凶，这当然是因为他有着非同常人的观察力与推理能力。但是，在我看来，这更是源于他强烈的使命感——他将率先揭开凶手的真面目当作自己的使命。我觉得既然如此，他更适合当一名刑警。”

“他走到今天经历了很多事，这当中有多少曲折，估计连他自己都记不清了吧。”

“听说火村教授曾经有过想要杀人的冲动，所以才觉得杀人是不可饶恕的。我能理解他因此而满腔热忱地调查凶手，并且踏入了犯罪学研究的领域，但是……总觉得还是有些无法释然的地方。火村教授曾经出于什么原因想要杀谁呢？”

这我就不知道了。

“有栖川先生，听说你和火村教授从大学时代起就认识，已有近十四年的交情了吧。你问过他吗？”

“问过呀。大概是刚认识没几年的时候，我问过他，但他岔开话题敷衍了我，之后便再也没谈起过。有些事情，错过了时机就再也不好开口了。”

“啊……确实会有问不出口的事情呢。而且一看就知道有栖川先生是那种不会干涉朋友隐私的城里人。”

“城里人什么的，说得太夸张了。小町你不也是大阪人吗？”

“我高中以后才来这里的，有时候会有小时候的口音，你没注意到吗？”

我从没感觉过她有口音。听上去并不觉得别扭，说明她的口音很可能与关西周边地区的方言有关吧。

“是濑户内地区。”

“濑户内的哪个地方？”

“嗯……我还是保密吧。”

每个人都喜欢有点儿小秘密。

绿灯亮起后，她踩下了油门。

“要不我去问一下火村教授为什么追捕杀人凶手吧。”

“你要去试一下吗？我觉得他肯定不会轻易坦白的。不过……假如他轻易就向小町坦白了的话，那我要伤心了。”

高柳抿嘴一笑：“他应该不会告诉我吧。每次都参与火村教授的‘实地考察’，说不定有一天自然而然就知道了。也说不定教授其实特别想倾诉出来呢，只不过他心里有个结……”

我脑海里浮现出小巷里那块显眼的招牌。“我猜他才真的需要去一下‘耳屋’呢。对着矶原纪久子，说不定他会把自己的秘密毫无隐瞒地娓娓道来。”

“这……”

又是红灯。高柳刹车时操作不当，车子熄火了。这应该只是一个巧合，和现在的话题没有关系吧。

“这可不好说。火村教授要是去了‘耳屋’，说不定会发生不好的事情哦。但具体什么事，我也说不上来。”

一时间我满脑子都是火村和纪久子在弥漫着檀香的房间里，隔着桌子相互对峙的情景。

7

我们到达指定的酒店时，小岩井理步已经站在大堂里等候了。她看上去非常年轻，估计没到三十岁，上半身粉红色薄披肩搭配着一件长款衬衫，下半身穿着一条修身长裤，鲜艳的红框眼镜戴在她那瓜子脸上显得非常好看。

互相问候之后，她领着我们来到茶座休息区里最靠角落的一张桌子旁坐下。酒店大堂里空荡荡的，几乎没有客人。

“这个时间段，这里通常都非常冷清，所以请你们来这儿。我不希望被别人听到我们的谈话。”

“你公司就在这附近，没关系吗？”高柳替对方担心，问道。

“没事，我们公司的人都是去特定的一家餐厅会客、休闲，不会来这里的。”

小岩井就职于一家设计公司。她也说不准今天到底几点能下班，趁着现在有空，就从公司溜了出来。

“你挺忙的，那我长话短说。昨天，‘耳屋’的矶原纪久子女士被他人杀害了，我们正在向相关人员进行取证调查。小岩井女士，你认识纪久子女士对吗？有记录显示你曾到访过‘耳屋’。”

对方很清楚，这已是无法隐瞒的事实。

“今年五月，我去过一次。”

“你在那儿倾诉了自己的烦恼。之后，你分两次给纪久子女士一共汇了四十万日元。”高柳看着自己的记事本，“分别为六月十五日和七月二十八日，每次各二十万日元。这些钱是以什么名目汇给对方的？这显然不是你作为答谢付给对方的小费。”

小岩井欲言又止，似乎难以开口。高柳向她保证，调查取证过程中知道的信息绝不外传，绝对保密。

“……看来我只能实话实说了。纪久子女士打电话来威胁我说，如果不想被别人知道我在‘耳屋’说的那些秘密，就得给她钱。”

“金额呢？”

“四十万日元。我只好照付。第一次用的是我那少得可怜的存款，第二次则是年中奖。”

说不定实际上她被敲诈勒索的金额远不止四十万日元，因为筹不到足够的钱，她才铤而走险……不过，暂且还是听听她的说辞吧。

“请告诉我们你被勒索的原因，这对侦查工作十分重要。”

来之前，她应该做好了心理准备，可还是又花了足足三十秒，才最终下定了决心。

“我干了一件很可耻的事情。即使你们说那是违法的，我也无法辩驳。我将一封诽谤好友的信寄给了她的恋人，把他们拆散了。后来我才知道，他们原本已经订了婚。我这么做是因为我嫉妒她，嫉妒她居然将我抛下，去追求自己的幸福……”

“请说得具体一点，包括你朋友的姓名等。请配合一下我们警方的工作。”

高柳口吻柔和，听起来像是在请求对方的配合，可眼神里却透着一份毅然与坚定，不容对方推辞。小岩井只好和盘托出。

“……就这样，纪久子女士彻底调查了我的朋友，然后以此威胁我。她说：‘当年，你朋友的男友将那封信甩给她对质，她至今还保留着那封信，但压根儿没想到信是你写的。我只需要打个电话和她说，你去查查信上的指纹是否和小岩井女士的一致……你若不希望我这么做，那你得给我五十万日元的封口费。’我好不容易讨价还价到四十万日元……这钱就当是我该受的惩罚，我也没想着要讨回来……我非常后悔自己对朋友的所作所为。”

她断断续续地表达了自己的忏悔。

“我的行为已经触犯法律了吧。”

高柳并没有深究此事，眼前的这起凶杀案才是当务之急。

“距你第二次汇款给她，刚好过了一个月左右。在那之后，她有没有继续勒索你？”

“没有。”

“她完全可以变本加厉地继续勒索你。比如说，坚持要求五十万日元，让你再拿出十万日元来，或者更多。毕竟你被她抓住了把柄。”

“她没有继续敲诈我。我从没想过这种可能性。”

这也太大意了吧。若是我，在彻底确认她不会再勒索我之前——虽然我也不知道该如何确认——我将如芒在背，一刻也无法安心。纪久子根本不值得信任。

“也许我的想法太天真了。但是，事实上她确实没有再来恐吓我。”

“估计她也担心把你逼急了，会被你反咬一口吧。在适当的时候收手才是敲诈勒索成功的诀窍，她很清楚这一点吧。”

现在，纪久子已命丧黄泉。原本小岩井终于可以高枕无忧了，可惜她不是亲手直接将现金交付给对方，而是通过了银行汇款。要不然也不会如此轻易地被警方找上门来。

“我插嘴问一句。”我说，“纪久子女士是打电话来威胁你的吧。她没叫你拿着现金去‘耳屋’吗？”

“她说，你我都很忙，汇款就好了。她还嚣张地说，你别再来店里了，接近我不会有好事的。”

“估计她也有所警惕，想尽量避免和你见面。”

自己敲诈了对方，见了面谁知道对方会做出什么事来。她不想冒这个险，选择银行汇款也非常合理。如果没有发生本次命案，纪久子的罪行也不会败露。

“这……谁知道她怎么想的呢。”

这位戴着红框眼镜的女人搭在胸前的那块披肩引起了我的注意。

用来勒死纪久子的凶器应该是被凶手拿走了，至今还未找到，难道是类似这样的东西吗？当然，即使小岩井是凶手，她也不可能若无其事地把案发时的披肩围在身上。

如果凶器是披肩或围巾之类的东西，那凶手很可能是女性。不过，现在下结论还为时尚早，这类东西并非只有女人随身携带。另外穿着西装的男人也会系着领带。激情杀人的情况下，用那个来勒死对方再合适不过了。

当我们向她询问起昨晚的行踪时，她似乎感到被羞辱了，露出了悲伤的表情。

“我们也不想耽搁您的时间。”高柳督促道。

她忽然如梦初醒般地回过神来，语速飞快地说了起来。看来她想快点结束谈话，迫不及待地想离开这里。

“我昨天也加了班，在办公室一直待到十点多。下班后，同事邀请我一起去附近的酒吧稍微喝了点儿酒，十一点半左右回到了家。这能算得上是不在场证明吗？”

她住在大正区内的某栋公寓。

“十点多之前，您一直在办公室对吗？”

“对……哦，具体来说，七点之前，我约见了一位老客户。吃过晚饭后，八点半左右我回到公司，之后便一直待在办公室。”

高柳向她询问了客户以及晚饭餐馆的名字，并写在了工作记事本上。关于她回公司之后的事情应该没有问题，她没有必要撒一个立马会被揭穿的谎言。问题在于她回到办公室之前的行动轨迹。如果不吃晚饭，她有足够的时间往返案发现场。她去的是一家便宜的意式餐厅，即使服务员对她毫无印象也不足为奇。

“请问……你们会来公司对我刚才的话进行取证吗？”

她突然对此感到不安。

“今天我们暂时不来打搅。不过，如果有不得已的情况，我们有可能向您的同事打听确认。到时候我们一定尽量隐瞒是为调查凶杀案而来，请您放心。”

“唉……”她发出一声深深的叹息。

8

与此同时。

火村和森下正在守口市，向山越惣一问询情况。山越经营着一家专门从事户外广告投放的代理公司。两人被带到了他公司的总经理办公室兼会客室，房间墙壁上高挂着一句标语——创意无限。

山越惣一今年三十九岁，发型是花哨的飞机头，衬衫和领带都是普拉达，一看就非常昂贵，右手无名指上戴着一枚硕大的戒指，俨然是在炫耀自己的时尚品位。他给人的第一印象是“年轻气盛”。

山越一副沉稳的大老板模样向我们招呼道：“啊，你们辛苦了。”但是负责上茶的女员工一走出办公室，他便像换了个人似的，脸上堆出了卑躬屈膝的媚笑，双手像苍蝇般不停地相互揉搓着。

“你们此行是因为矶原女士的事儿吧。你们想知道我为什么给她的银行账户汇款，对吗？不好意思，她被人杀害和我一点儿关系也没有，你们这是白跑一趟。不过，这也是你们工作的一部分，刑警这工作真是辛苦啊。”

他说这些大概是希望警方不要太深究他的问题。

森下负责向他提问，火村则在一旁默默地听着他们的对话。对山越来说，一言不发的火村可能看起来特别阴森恐怖。

“我因为工作关系路过那家店附近，正巧看到了那块奇怪的招牌。当时有一位阿姨在那附近给植物浇水，我便问她，这家店是干什么的？她告诉我，是专门听别人倾诉、替人排忧解难的。我正好有烦心事，几天后，便特地去了那里一趟。”

山越说他的烦心事主要是工作上的事情。

“你是单身吧。在女人方面，是不是也有什么烦心事啊？”森下诱导地问他。

“这……其实……”山越将自己的秘密说了出来。他发现交往了三个月的女朋友居然是黑社会混混的情妇。他想和对方分手，却不知道该怎么提出来，非常苦恼。

“我最讨厌暴力了。我要是知道她是黑社会混混的情妇，肯定吓得躲得远远的。我想趁她男人还没发现我们的关系，赶紧分手，可那女人痴迷于我。要是我提出分手，她说不定会对我纠缠不休，威胁我胆敢分手，就将我们的关系告诉她男人……”

“要是……”“说不定……”——看来他还没有向女人提出分手。

事先他已被告知“耳屋”只提供“听”的服务，但还是希望对方能给他提供好的分手方式。然而，纪久子自始至终只是听他倾诉而已，他也只能怏怏离去。

“三周后，她给我打电话，我吓了一跳，因为我压根儿没告诉过她我的办公电话。我只向她透露了我的公司所在地是守口市，以及业务范围，没想到她以此为线索，找到了我。她问我索要封口费。我以为她在开玩笑，没想到她居然调查清楚了我女友的姓名和来历，还滔滔不绝地说起了女友的情夫——黑社会混混的事：经常打架斗殴，因故意伤人曾两次入狱，脸上有刀疤，手下的小弟们更是有过之无不及等。”

山越当时肯定被吓得瑟瑟发抖。

“你害怕了，屈从于她的胁迫，分三次共汇给她八十万日元，最后一次汇款是在两周前。她并没有就此罢休吧。”森下追问道。

山越又搓起了手掌：“这……她没有再纠缠了。我们说好了，八十万日元买她的沉默。”

“这种承诺没有任何约束力。她如果是一个诚实守信的人，也不会干这种勒索他人的勾当。事实上，八十万日元之后，她还继续胁迫你付更多的钱吧。”

“没这回事。”

纪久子已死，无法对证。他只需一口咬定这个说法，警方无法证实是真是假，也奈何不了他。森下转而向他问起了昨天晚上的行踪。

“和一位老板谈生意呢。那位老板是守口市车站前一栋大楼的业主，他想在大楼的楼顶安装一个广告牌。时间吗？七点开始的，持续了两小时左右，地点是在车站附近一家叫‘红梅’的餐饮店。商谈结束后，我邀请对方换家店喝喝酒，但对方有事在身，婉拒了我。于是我便回了家，一个人喝了一会儿，十二点前睡的。”

京阪线上的守口市站与京桥站之间相隔六站，大约五点三公里，乘坐快车只需五分钟，慢车也只需十一分钟。他完全可以不开车，乘坐公共交通便能在案发时间段赶到凶案现场。

向山越确认过大楼业主的姓名之后，森下向火村问道：“教授，你有什么要问的吗？”

“一直都是矶原纪久子在联系你吗？还有其他人联系过你吗？”

“没有。”

“你选择银行汇款，是对方要求的吗？”

“是的。她说见面交易会比较尴尬，让我把钱给她打过去。”

“她这么说的呀。她不希望和你见面是吗？”

火村问了和我同样的问题。

“谁知道呢。大概她觉得只要别人把钱打进来就好，没必要特地见面浪费时间。”

或许纪久子并不介意银行存折上留下敲诈勒索他人的记录。同时，对山越来说，银行汇款也刚好省去他不少麻烦。

“她在‘耳屋’听你倾诉时，有没有做笔记什么的？”

“没有。她脑子转得很快，或者说记忆力极强。即使我说的事情错综复杂，她也能立马理解，并且还能把我说的话准确地复述出来，这点让我非常佩服。她专心地听我倾诉，我还挺高兴的，没想到原来她是在拼命收集敲诈别人的话柄呀。”

“你们聊的时候她给你上茶了吗？”

“她给我上了薄荷茶。不过我不太爱喝那样的，普通的茶或者咖啡就好。”

“她是否巧妙地诱导你，让你把自己的秘密和盘托出？”

“现在回想起来，的确如此。她说：‘你是不是还有别的烦心事堵在心头？’被她这话一套，我就……”

“听说她只是听，偶尔随声附和一两句。她有没有不经意间向你透露过自己的隐私？人们在倾听别人烦恼的时候，通常会拿出自己的经历来做例子，供对方参考，以安慰对方。”

“关系亲密的人之间也许会这样，但那个人关于自己什么也没说。这点让我感觉和心理咨询差不多。”

她把“耳”贯彻到底了。我们没有当面见过矶原纪久子，并不清楚她的为人，不过，看来她确实把别人的烦恼当作自己的乐趣。另外，一旦当她认定这个秘密可以用来敲诈勒索，她便对倾诉者露出獠牙。只能说她人格异常，这样的人自然不会特地把自己的经历告诉他人。对于纪久子来说，在一个素不相识的人面前毫无保留地说出自己的秘密，这种行为简直愚蠢至极。正如船曳警部评价的那样，这起案件的被害人非常耐人寻味。

从山越这儿已经打听不到其他任何线索了，火村和森下离开了山越的办公室。在返回投币式停车场的途中，年轻的刑警对犯罪学专家说：“教授，我们去那家咖啡馆休息一下如何？那家店应该是可以吸烟的哦。”

对火村来说，这个提议自是再好不过了。两人走进略显怀旧风格的咖啡馆，饮品端上来后，森下向火村问道：“您对山越的印象如何？”

“仅刚才那一会儿，没法判断他是否有嫌疑。”火村立刻点起了一根烟，说道。

“我们暂且向车站前大楼的业主、餐饮店老板确认一下具体情况。不过，就算山越所述属实，他的不在场证明也不成立……”

火村关心的却是另一回事：“矶原纪久子的那本可以算作工作日志的记录本上，只记录了到访‘耳屋’客人的名字，对吧？即使上面没写客人的联系方式，通过全名也能查到某些人的详细身份吧。”

“对，应该是的。您觉得凶手在那里面？”

“显然受到纪久子敲诈勒索的人更值得怀疑。不过，我总觉得我们现在的调查方向有些错误。我想尽可能地听到更多‘耳屋’客人的证词。”

“您来到现场之后，顶多才过了四个小时。即使是大名鼎鼎的火村教授，也还没法在现阶段看清案件的全貌吧。如果您现在就知道了凶手，那简直像在表演居合斩[①]了。”

森下一边打趣，一边认真地将火村交代的事一字不漏地写在了笔

① 居合斩（原文为：居合抜き）是日本的一种剑法，在跪坐的姿势下，瞬间拔刀斩杀敌人。此剑法出招快速，一击必杀，被奉为“神技”。在这里用来比喻刚调查就能知道凶手。

记本上。被纪久子敲诈勒索的人当中，说不定还有人没有付钱。越是没法筹到钱的人，越想置她于死地吧。

“或许本案背后的犯罪动机十分简单，并非与死者的敲诈勒索有关。比如丈夫长期受到妻子的打压，积压已久的怨气一下子爆发……”

“森下刑警，你怀疑兼介？”

“没有确凿的证据。他本人说，仅凭他是死者的丈夫以及尸体的第一发现人就被怀疑是凶手，太冤枉他了。可是，在妻子被杀的这个时间段，丈夫在楼上戴着耳机弹吉他。这样的不在场证明到底能不能站住脚，还得打个问号。”

“他没车。如果一时冲动杀害了妻子，他没法将尸体运走，只能装作尸体的第一发现人。当被问及妻子被杀时段的行踪时，便只好撒谎说自己在弹吉他。这个假设确实能说得通，但是要证明他在说谎，难度很大。”

“确实如此。但是，纪久子对兼介是抱有怎样的一种情感呢？自己的男人百无一用而且拈花惹草。听说丈夫出轨时，她怒不可遏，可并没有与丈夫一刀两断，将其扫地出门。她是深爱着丈夫的吧。”

“与其说是深爱着，不如说是她把那个男人当成了自己的私有财产。她享受着掌控对方的快感，而兼介正好也不讨厌这种被掌控的感觉。不过，这些都只是我的猜测而已。夫妻间的事真是让人捉摸不透啊。”

“这么想来，凶手或许就是被纪久子敲诈勒索的对象吧。川路柔梦也值得怀疑，说不定她伪造了不在场证明。‘我忙得很，没空跑去杀人’——这或许只是她被戳中了要害，故作强势的表现。不知道有栖川先生和小町那边有没有什么重大收获。”

正在这时，两人的手机相继响起，电话的那头分别是高柳与我。我们刚向小岩井理步问完话，正想与他们彼此交换一下信息。店内没有其他客人，年近五十的店长在后台休息，于是森下与火村坐在位置上接起了电话。

“……我们这边就是这么个情况，你那边也差不多嘛。两个人都被纪久子敲诈勒索，不在场证明都比较脆弱，是不是凶手不好说啊。”

此时，高柳与我正在酒店的地下停车场。为了互不干扰，她坐在车里的驾驶位上，而我则站在车外，背靠着水泥墙壁，背上凉凉的，十分舒服。

看来我们两边都没有特别大的收获嘛。我正这么想着，火村忽然加重了语气：“喂，有栖！你不觉得小岩井理步的话里有不对劲的地方吗？”

火村语气强硬，像是在责备我。

“你没头没脑地说什么呀？有什么不对劲的地方吗？”

“不合情理、不合逻辑的地方。”

我努力在记忆中搜寻，却找不到答案，脑子一片混乱。难道森下也向高柳指出了同样的问题吗？我朝驾驶室看了看，女刑警坐在挡风玻璃的那头，神态自若地打着电话。

“你的意思是，我们没注意到她的说辞中有自相矛盾的地方？那小町也有责任嘛。”我不禁推卸起责任来。

“不，你们并没有漏问重要的问题。即使我去了，也是会向她询问同样的问题。高柳·有栖川组合已经获取了不合逻辑的证词，但你丝毫没有察觉，还在这儿慢条斯理地汇报，所以我刚才朝你咂嘴。”

他刚才咂嘴了呀。我完全没有听到。

“那你告诉我呀！小岩井的说辞中哪一点不合逻辑了？”

“回专案组的路上你自己好好想想吧，让小町也帮帮你。”

没想到火村居然以这种方式给我出了个谜题。

9

正如火村所预期的那样，那个人开始行动了。我通过手机和鲛山警部补保持着联系，他将现场警员用对讲机汇报的信息传达给我。

“‘目标’出现。正往有栖川先生的方向移动中。”

警方所说的“目标”[①]，本来是用来表示警方保护的目标对象，不过现在指的是警方跟踪的目标人物。这个人物受我邀请而来。

“你打电话引对方出来，以一位好奇心强烈的小说家身份。你这么和对方说：‘我对矶原纪久子生前非常感兴趣，很想了解她的为人，希望你能接受我的单独采访。’如果那人不上钩，你再撒一点‘诱饵’，和他说：‘如果你接受我的采访，我会在专案组会议期间偷偷溜出来，把侦破工作进展情况悄悄告诉你。’”

① 原文中的暗号为“マルタイ”，“マル”是圆圈的意思。“タイ”表示“对象”这个词的“对”字，所以合在一起其实就代表“对”字用圆圈圈起来的文字符号。日本警方经常喜欢用圈字符号作为暗号。类似的还有“マルヒ：○＋被＝被疑者（嫌疑人）”“マルガイ：○＋害＝被害者（死者、被害人）”等。

火村任命我担任引出“目标”的任务，原因是他觉得那人对我最容易放松警惕。虽然这并非是一个光荣的理由，但这项任务还是需要一定演技的。我和对方打电话的时候，紧张得直冒汗。既然“目标”正朝我这边走来，那看来到目前为止是成功了。

我指定的见面地点是位于城东运河畔的一家酒店的休息区。“目标”应该会从桥上过来。我在大堂的一个角落里，认真地听着鲛山打来的电话。

我只不过是个“鱼饵”，没什么特别要做的。握着“鱼竿”的是刑警们，火村也在他们之中。我之所以在酒店等候，是为了万一“目标”什么也没做直接来到酒店——这种情况也意味着我们的计划失败了，那我就得煞有介事地和他聊一会儿。换言之，我负责失败时的善后处理。我可不希望搞得那么麻烦，默默地祈祷着轮不到我的出场。

“‘目标’已经离桥不到五十米了。”鲛山向我说道，“目前他没有任何可疑的行为。成败即将揭晓。如果什么也没发生，对方过了桥我就挂断电话。不好意思，之后的事情就要交给有栖川先生你了，请你随便应付一下。”

“明白。”

关键时刻终于要到了。火村预测“目标”会在桥上有所动作。酒店刚好在死角位置，从我这儿看不到桥上的情况，不知道警方是如何部署警力的。

我看了一下手表，晚上九点五十八分。我们约定的时间是十点。

就时间来看，“目标”已经走在桥上了吧。

“目标”把手从口袋里掏了出来，手上好像握着什么东西。只见那人停下脚步，脸转向河面，放低了右肩。短短零点几秒的时间里，火村看准时机从背后接近，大声喝住对方。

“你拿着那个东西打算做什么？”

对方被问了个措手不及，当场愣住了。这个反应毫不意外。

“请把你手上拿着的东西给我们看一下。我已经大致猜到是什么了。”

躲在对面绿化带、树荫下的警员们纷纷出现，靠近“目标”。资格较老的茅野刑警抓住了“目标”的右手，不让对方把东西扔进河里。

“你们不是答应了不会跟踪我嘛。”矶原兼介哭丧着脸抗议道。

茅野取下他手里的东西，拿到火村面前：“太厉害了，正是教授所说的东西。”

只见那是一支细长的录音笔。

10

经过本町的写字楼街区时，我无意间看到了这家店的招牌。当时我口渴得很，正想找一家咖啡店坐一坐。

“咖啡 shi”。

店名挺特别的，不过也没奇葩到让我瞠目结舌的程度。这个音会让人联想到“死”[①]，听上去有些晦气，讲究吉利的人肯定不会用这个名字。

招牌摆在电梯旁边，明明是罗马字却用了细毛笔字体书写，能从中感觉到店主独特的审美意识。这栋写字楼有种说不上来的阴森，电梯也有些脏兮兮的。乘坐电梯上去，如果电梯门一开便是咖啡店的入口，那岂不是多糟糕的店我都得硬着头皮进去了。我暂且退到马路的另一侧，抬头看了看，可这家店在哪一层我都不知道。我有些犹豫不决，总觉得这家咖啡店怪怪的。

① “死”这个字在日语中的罗马音标就为“shi”。

内心响起一个声音，它提议我进店看看：不可能会有生命危险的，最糟糕的情况也就是在一家乌烟瘴气的店里喝上一杯难以下咽的咖啡而已。要是里面别有洞天，说不定还能给小说的创作带来灵感呢。

我听从了这个声音，按下了电梯按钮。

“原来这家店是这样发现的呀，可以算是一次冒险了。要是我的话，看到电梯旁边的招牌，应该不会想要上来看看吧。那招牌给人一种说不上来的不祥之感。老板是在故意吓人吗？”

“怎么可能！应该不是吧。那块招牌融入了老板独特的审美意识，只不过一般大众无法理解而已。结果导致了这家店让人望而生畏。”

“咖啡 shi”里，我和高柳真知子坐在宽大舒适的椅子上享受着下午茶。今天只有我们两人，所以我们坐在禁烟区。如果火村在的话，店内的另一边也设有吸烟区。

警方根据凶手的招供找到了凶器，并将案件移交给了检察院。本案就此了结。“船曳小分队”的案件侦破工作收工之时，城市的街道上已经吹起了阵阵凉爽的秋风。

昨天，我和火村一起来到大阪府警察总部，从船曳警部口中听取矶原纪久子凶杀案的最终报告。证据确凿，不用担心公审时会出什么岔子。我在那里遇到了高柳，和她闲聊了几句，得知她明天休息。我们聊着聊着，决定两人一起来开个检讨会。于是，我便选择“咖啡 shi”作为我们的会场。

这家店是一个不为人知的好地方，是繁华都市中的一片绿洲。高柳则一进店也惊叹，没想到这么破旧的楼房里居然有这样的店。她和我第一次来时的反应一模一样。

“简直就像一个世外桃源。虽然这个表达有些俗套。”

高柳端起咖啡杯，抬头看了一眼天窗。阳光透过玻璃洒进来，非常耀眼，让她不禁眯起了双眸。她的额头在阳光照耀下显得洁白靓丽。

整家店并不大，但是布局巧妙，给人非常宽敞舒适的感觉。餐桌和椅子虽不是顶级名牌，但很有品位。墙纸和地毯统一为淡绿色，让人心情舒畅。耳边还伴随着溪流的潺潺声、海浪声、森林中树叶的沙沙声——当然这些声音是通过 CD 播放出来的，不过音量恰到好处。许多客人是独自前来，看得出他们陶醉于这大自然的声响之中。带着同伴前来的客人也只是小声交谈着。这家店的客人真是太有素质了，简直好到有些如梦如幻。不过这话把我自己也包括进去了，说得我都有点儿不好意思了。价格虽然有些贵，但在这儿获得的享受绝对物超所值。

“你带我来了一个好地方！我们是不是应该邀请火村教授也一起来呀。不过暑假结束了，估计他也没时间。”

“这个犯罪学专家每天只关心杀人事件，还是不吉利的那个‘死’比较适合他吧。”我说道。

高柳放下咖啡杯，拿起立在桌子上的饮品单看了看。那里面夹着一张纸，上面写着一首诗。店名中的“shi”指的正是“诗”[①] 这个字。

---

① 日语中的“死”字和“诗”字，发音相同，罗马音标都为“shi”。

“这个每天都不一样呀，真有意思。”

今天的诗是清冈卓行的《可怕的圆环》。仅有四行，却充满了悬疑感。

台风吹，电车停，陌生车站，无奈下车。

迫不得已缺勤，索性晨练步行。

无人路，顶风行，往家赶去，不知多久。

抬头看，哎呀！是方才的车站。

我上次来的时候，桌上放着的是西条八十翻译的奥斯卡·王尔德的诗句。每天更换诗歌应该是老板的一项乐趣吧。

第一次来过之后，我按照最近流行的做法，在网上检索了一下这里。令我意外的是居然没有一家美食网站介绍这家店，也没有任何人发表过对这里的评论，唯一找到的相关内容只有“这家咖啡店是我的最爱。店长好像是位没落的诗人。在什么地方我就不能说了”，诸如此类的留言。没人提到过店铺的地址，大家似乎都害怕店内舒适的环境因广为所知而受到影响。看来许多人把这里当作自己的秘密小天地。

“我们开始这个名义上的检讨会吧。”我说。

虽说我们见面是为了回顾总结一下整个案件，但并非只为此而来。高柳约了学生时代的朋友待会儿一起去看戏，而我则要在本町查点儿东西。当我得知她也要去本町，便提议带她去一家有意思的咖啡馆。她很喜欢新奇的小店，于是欣然接受了。

“火村问我：‘你不觉得小岩井理步的话里有不对劲的地方吗？’我当时完全不知道他在说什么。而且他还说，我俩并没有漏问重要的问题……”

“我也思考了很久，最后还是教授亲自把答案说了出来。而且，没想到从这个疑点出发，居然让整个案件迎刃而解了。”

犯罪学专家对着没有完成“作业”的我说道：

“你刚才说，小岩井理步寄了一封诽谤诬蔑她朋友的信，毁掉了对方的婚事，没错吧。她在‘耳屋’不经意说了这件事，结果成了被人敲诈勒索的把柄。这本身没什么不对劲的，奇怪的是纪久子威胁小岩井时的说辞。纪久子特地查了她的朋友，确认此人还持有那封诽谤信，然后才去敲诈小岩井，威胁她说‘不给钱就怂恿你朋友拿信上的指纹和你的指纹比对一下’这有些不太合理啊。”

“为什么不合理？”我还是没能明白。

“她根本不需要那么大费周章，直接说‘你对自己罪行的忏悔我都录了下来。你不付钱，我就把这份录音寄给对方’不就行了吗？这么一来，她完全没有必要打电话给小岩井的朋友。纪久子的这种恐吓方式既不合理也没效率。”

原来火村想说的是纪久子的敲诈手法不够高明啊。可我又不是纪久子本人，怎么可能知道她为什么选择这种手法。

“这不是敲诈手法是否高明那么简单的问题。一名惯犯在有计划地实施犯罪时，她理所当然会选择对自己最有利、最简单的方式才对。”

听取山越惣一的证词时，火村并没有察觉任何不合理的地方。山越染指了一个危险男人的情妇，纪久子以此为把柄，以向对方告密为由恐吓他。火村想当然地理解成如果山越不按照纪久子的要求去做，纪久子便会把录音拿给对方听。

“被你这么一说，我也觉得确实有点儿奇怪了。但是，这又能说明什么呢？”

“如果要给纪久子的行为找一个合理的解释，那就必须纠正一下前提条件。或许她并没有对客人的倾诉进行录音。敲诈山越的时候，她根本没有暗示过对方自己手里有录音。川路柔梦和她纠缠不清的时候，她完全可以说：‘你再来找碴儿，我就拿上录音去警察那儿报案。’这样完全可以吓跑对方，但她并没有那么做，不是吗？”

火村从桌子底下残留的印迹，推测出“耳屋”里的谈话都被录音笔给录了下来。没想到他居然会推翻自己的假设。

“房间里安装了录音笔，这个想法错了吗？”

“不，我并没有否定有人用录音笔录音。某人在秘密谈话专用房间的桌子下面贴了某样东西，那东西肯定不可能是私房钱，正常来想只可能是录音器材吧。必须要纠正的是，我们想当然地认为安装这东西的人是纪久子。”

“不是纪久子，那是谁干的……”答案已经不言而喻。“是另一位住在那房子里的人——兼介吗？”

“没错。悄悄偷听别人谈话的正是纪久子的丈夫。”

“他为什么要做这样的事呢？”

“以下只是我的推测而已。也许他想模仿纪久子吧。他把别人的隐私谈话录下来，盘算着如果有可以利用的材料，就拿来敲诈他人的钱财。他想从妻子那里捞点儿油水吧。我猜想纪久子从事倾听师这份职业有三个理由。第一，她发挥自己擅长倾听的特长，在帮助别人的同时获取一份收入；第二，把别人的不幸当作自己生活的调味剂来享用；第三，听到合适的秘密用来敲诈勒索。这种时候，她必须去调查敲诈对象周围的人和事，凑齐足够的材料。她常常闭店外出，一定是为敲诈去走访摸底了。但有时她或许会在这一环节受挫。不得不承认，像兼介那样录下客人自己吐露罪行的话语，更有利于敲诈对方。”

“你的意思是纪久子没想过通过录音来敲诈勒索？”

“或许她对自己的记忆力很有自信，压根儿没想过这种方式。也可能是她担心客人起疑心，怀疑她在录音。万一被客人发现她在房间里安装了录音笔，那就没法儿抵赖了。”

“你说兼介敲诈勒索，能拿出证据来吗？”

“我接下来正要去找。他很可能是让对方当面把封口费交到自己手上的，所以在银行账户上没有留下任何蛛丝马迹。唯一的办法是通过纪久子的工作安排记录本，找到到访‘耳屋’的客人，一个一个地查，直到有人坦白为止。”

“这完全只是你的想象嘛。而且还是一个天马行空、异常大胆的想象。不过……”

如果一切都如火村刚才所说的那样，那真相是什么呢？被杀害的并非兼介而是纪久子。即使受到敲诈的人心生怨气，认为这一切都是由向纪久子袒露自己的秘密所致，那也没有理由要加害于她呀。对方这么做，不是正好让敲诈勒索的兼介抓到自己更大的把柄了吗？如果那人同时杀害了矶原夫妻俩，倒还能理解……

“问题不在这里！”

火村推理的着眼点出乎我的意料。

“你说得没错，我刚才说的那些都只是我的想象而已。但是，我们先假设这个想象是正确的，然后再以此为前提来看本案的各个环节，你发现了什么没有？别觉得我在说什么很复杂的事情，其实一切都很简单。”

我没有一点儿头绪，他这句话听起来特别刺耳。我忍不住回敬他说：“连录音笔是否真的存在都还是未知，就拼命往下推理，你确定不会错吗？”

“这点我们也来验证一下吧。我已经想好了计划，需要你的帮忙。”

于是，火村把他的“作战计划”告诉了我：今晚，我给兼介打个电话，约他出来见面聊聊，地点选择在位于运河边的酒店。从他家到那儿只需步行十分钟。

“你要和他强调，刑警们都开会去了，没人会来跟踪他，这样他才会放心地把录音笔从家里带出来。他应该迫不及待地想要销毁它，一定会在去酒店的途中把它扔向运河。我们就趁那时候抓住他。”

“你这计划成立的前提条件是录音笔还在兼介手里。万一他已经把东西销毁了呢？”

“刚发现尸体时，销毁物证是非常危险的。他并没有机会去远的地方扔掉录音笔，扔在家附近，又可能会被警方找到。话说回来，他一定没想到我们正在寻找这支录音笔。今天下午他想去外面走走，正是想去把它处理掉吧。但是他发现警方跟踪了他，只好放弃。你引他出来，为了扔掉这麻烦的东西，他一定会有所行动的。如果能从他手上缴下录音笔，那就能证明我的猜想是正确的。”

我总觉得他疏忽了什么：“等等，录音笔未必是在兼介手上吧。说不定被凶手拿走……”

“凶手要拿走录音笔，得事先知道房间里有这样东西啊。知道此事的只有兼介，因为那是他装上去的。”

“说不定是凶手X在行凶之前发现房间里安装了录音笔，才一怒之下杀了人。”

“你的反驳很有逻辑嘛。有栖，这种可能性并非为零。”这点他承认了，“你的反驳正确与否，就看兼介会采取什么样的行动了。也许录音笔不在他身上，就算在他家搜个底朝天也找不到那样的道具。但是，如果他试图扔掉录音笔的话……”

“就能确定兼介就是凶手，对吧？”

“不是！”火村狠狠地摇了摇头。

高柳拿起茶壶又倒了一杯奶茶。看来她很喜欢红茶的味道。她喝了一口后，说道：“真是一个不同寻常的案子。教授连对方的姓名都不知道，就成功指认出了真凶。这还是第一次吧。”

“嗯，在我的记忆里确实从来没有过呢。不过，这次的案子，他也没有一针见血地点出此人就是凶手。”

他说的是此人非常可疑。

火村想好了最远的一步。如果计划成功，兼介企图扔掉录音笔时被当场抓获，那么所有的疑问都将归结到一点：为什么兼介必须要把录音笔处理掉呢？他是凶手，录音笔里录下了对他不利的东西——这种可能性太小了。即使是激情杀人，他也不可能在明知自己安装的录音笔正在录音的情况下，还在“耳屋”的店内行凶。他肯定会关掉电源，或者直接选择在别的房间动手。

高柳循着火村的思路，说道：

“自己明明不是凶手，却试图销毁记录着案发现场声响的录音笔，那是因为他听了录音后，知道了凶手是谁，并试图包庇凶手。如果凶手是被他敲诈勒索的对象，那非亲非故，他没必要包庇对方。他只需把录音笔放回桌子底下，让警察发现就好了。即使警察问起来，他也可以装傻，说自己不知道那样东西，应该是纪久子安装的。”

“没错。估计兼介在案发当天就把录下的音频删掉了，不过……”

“他还是不放心吧。因为警方和他说了从电脑里删除的数据也是可以复原的。”

“兼介会包庇谁？真相就是，他的情妇。凶手真够倒霉的呀，连名字都还没暴露就先露出了马脚。”

兼介情妇的名字叫吉光舞香。一年前，兼介光顾了她所在的夜店，随后两人的关系变得亲密。她的不幸就在于：她把男人说的“我离了婚，就和你在一起”这种话当真了。

“她想知道兼介的妻子是个什么样的人，于是假装成客人去‘耳屋’，见到了对方。没想到不经意间被对方识破她就是‘小三’，她坦白后遭到对方的羞辱……”

回过神时，她已经用披肩勒死了对方。

“有栖川先生，你对破案贡献很大哦。你给兼介打电话时，那演技真是太棒了。”

“是他自己有些着急，所以完全上钩了。”

警方对兼介的住所进行入户搜查也能找到录音笔，但是火村怕兼介会把物证彻底毁掉，所以设下圈套，故意给他一个扔掉录音笔的机会。

“回顾了一遍案件的始末……有栖川先生，我俩好像没有什么必须检讨的地方嘛。”高柳说道。

我也有同感：“确实，我们不要检讨了，只是火村一个人冲得太快了而已。”

我们享受着下午茶。我心想：火村出谜题考我，作为“回报”，这家店我就对他保密吧。

后　记[①]

本书收录了以“商店”为题材的推理故事。2001 年，我收集整理了以“旅馆”为题材的推理小说，出版了短篇小说集《黑暗旅馆》。本书可以算是其姐妹篇。

十年前，我便盘算着要出这样一本书，当时把书名都想好了——就叫《怪奇小店》。但是比起“旅馆”“商店”的种类要丰富许多。把什么样的商店作为小说的舞台背景呢？我纠结于此，迟迟无法动笔。

当时的责任编辑足立雄一先生邀请我，带着我参观了东京都内几家与众不同的商店。我还记得有一家店，里面的商品稀奇古怪，极为特别。当时，我内心十分焦急，光看不买，不好意思离开呀。可是，这里没一样东西是我需要的，这该如何是好呢？时至今日，这也成了一段美好的回忆。不过，可惜的是这次采风的成果未能在作品中得以体现。

我费了不少功夫，完成了短篇故事《“烛火堂”的飞来横祸》（本

① 此为 2014 年，本书在日本初版发行之序言。

书中排在了第二个故事）。没想到有了这个基础之后，其余的四部作品都相对轻松地创作了出来。本书共五个故事，想写的话，还有很多种类的商店可以写，但考虑到作者水平有限，还是暂且到此为止吧，再写下去估计读者都没兴趣看了。

我想以推理小说的形式，描绘人与人之间通过商品或服务相互交流时展现的世间百态。这么说，听起来有些冠冕堂皇，其实我的灵感主要来自一本名为《魔法商店》（荒俣宏·编译 / 筑摩文库）的文集。有些商店披着神秘的面纱，业务范围、经营商品让人捉摸不透，关于这种商店的故事自然非常有趣。也有些商店看似平平无奇，摇身一变却成了异次元的世界，这样的故事也同样令人兴奋不已。我尝试在严谨的推理小说题材框架内，尽可能地把自己从“商店”中感受到的魅力或恐惧描写出来，于是便有了本书这五个故事。

与《黑暗旅馆》一样，大路浩实先生负责本书的装帧设计。成书完全符合我的预想，喜不自胜。最后，向现任编辑局第二编辑部单行本主编的足立雄一先生、《小说 野性时代》编辑部的三村辽子女士、电子杂志《小说屋 sari-sari》以及在单行本发行时给予我莫大关照的小林亚矢女士表示深深的谢意。

在此也向读者们表示由衷的感谢。

2014 年 9 月 12 日

有栖川有栖

文库版后记[1]

如果想隐去真名、年龄、性别，完全成为一名匿名作家，那必须得不生病、不受伤。文艺美术国民健康保险协会给作家发行的医保卡上有一栏为“笔名·商号”。只要在医院出示一下医保卡，真实身份立马暴露无遗。不知道是否有人真的会因此而烦恼。

我第一次看到这张医保卡时，对于“笔名·商号”这两个词放在一块儿感到十分有趣。原来作家的笔名就相当于生意人的商号呀。

作家和生意人差不多——确切地说，和那些出售自制的面包、馒头，自产自销的生意人没有任何不同，不一样的只是作家没有自己的店面。

因为没有店面，作家不需要接待客人，也不用为处理上门投诉的客人而烦恼，但与此同时，却也少了与常客交谈的乐趣。逍遥自得，却难免也有几分寂寞。

---

① “文库版”为一种廉价且外型便于携带，以普及为目的的小开本出版型态。本书于2014年由角川书店（日本知名出版社）首次出版后，多次加印，反响良好，故于2016年被“角川文库”系列收录进内。此篇为本书文库版后记。

生意人为了买卖能够持续下去，必须不断地提供物有所值的商品或服务。在这一点上，没有店面的作家亦是如此。抓住老客户（爱读我作品的人）的同时，也不能忽视新客户的开发。

作家这“买卖”也不容易，必须不断创作新的产品。不过，总体而言精神压力较小一些，因为作家不需要接待客人。除此之外，还有一个原因，即无须和竞争对手一决高下。

商圈内若有同行开了业，生意人通常不会开心，他得准备着迎接一场你死我活的生存竞争。因为若对方生意兴隆，便意味着自家商铺营业额的减少。然而，作家的“买卖”却可以期待与对手共存共荣。

即使同行的推理小说家不断写出畅销作品，也不需要沮丧。越来越多的“客人”觉得推理小说有趣，那不也增加了自己的书被人翻阅的机会吗?

将这个逻辑延展开来，不局限于推理小说，爱看小说或者喜欢读书的人增加了都是值得高兴的好事。无须和同行推推搡搡、争抢地盘，这对于像我这样与世无争的人来说真是谢天谢地。

从今往后，我会在有栖川有栖这一“商号”下继续勤勤恳恳地创作推理小说。恳请各位“客人”今后也多多“惠顾”。店主敬上。

感谢东川笃哉先生拨冗为本书撰写精湛的书评。乌贼川市的鹈饲杜夫・二宫朱美搭档[①]的登场，以及内容之豪华令我惊叹不已。

---

① 乌贼川市为东川笃哉创作的推理小说中虚构的城市。鹈饲杜夫和二宫朱美是其系列作品的主角。

感谢本书的装帧设计大路浩实先生。梦幻般的封面较之单行本，又令人耳目一新。

同时也感谢第三编辑部的小林亚矢女士在单行本的发行以及本书的出版之际给予了我莫大的帮助。下一笔“买卖”也请多多关照。

2016 年 11 月 9 日

有栖川有栖

解说　走进《怪奇小店》

东川笃哉

角川书店（KADOKAWA）是一所超一流出版社，其总部位于东京。在角川书店大楼旁坐落着一家别具一格的店铺。此刻，一对男女正站在店铺的门口面面相觑。

“这里神神秘秘的，究竟是家什么店呀？不过，至少可以肯定，多半是一家餐饮店。”三十出头身穿西装的男人小声嘀咕了一句。此人名叫鹈饲杜夫，在乌贼川市从事私家侦探行业。

站在他身旁的美女二宫朱美指着颇有年代感的招牌，说道：“这上面写着‘有栖亭・角川店’呢。既然都能开出分店，这家店一定很受欢迎吧。”朱美的分析相当到位，一针见血。

“不太清楚，我们进去瞧瞧吧。”说完，鹈饲毫不费力地推开了厚重的店门。朱美一面小声吐槽鹈饲好奇心太过旺盛，一面兴致勃勃地跟在侦探的身后，两人一同走进了店内。

迎接两人的是一位身穿无尾礼服的男服务员。

男人把他们领到餐桌，立即向他们出示了菜单。只见菜单上罗列着许多不可思议的菜名，如“逝于临海的奈良”“红色的研究”[1]等。

“真奇怪呀，怎么总感觉自己以前好像吃过……”鹈饲沉思片刻，下一秒钟又猛地摇了摇头，随后，他问服务员：“有什么推荐的套餐吗？”

“‘怪奇小店’套餐，您看如何？这份套餐可以一次品尝五种以不同‘商店’为主题的悬疑美食，不对，是创意美食，物超所值哦。”

“那给我来两份。”鹈饲说道。

男人恭敬地鞠了一躬，说：“好的，先生。”

没过多久，第一道菜就被端上了餐桌。男服务员立刻向两人介绍起来。

“两位请先享用前菜。这道菜名叫‘古玩之魔’。”

“哇！作为前菜，这个分量超级加分呀。”朱美不由得惊叹了一声。

“这是主厨的服务精神，他希望客人从第一道菜开始就能吃得开开心心。”

男人继续介绍说：“古董店的老板遇害，尸体发现时是被塞在了壁橱里。这位老板总是心事重重，无精打采。究竟是谁、出于什么原因把他杀害了呢？破解这个谜团的正是犯罪学专家火村英生和推理小说

① “逝于临海的奈良”和“红色的研究”分别是有栖川有栖创作的两部长篇小说的名字。

家有栖这对搭档。火村将从性情迥异的数名嫌疑人中找出那唯一的一名真凶。这道菜会给您带来正统推理解谜的美妙之感。”

“嗯嗯，味道还算不错嘛。”鹈饲莫名地以一种居高临下的口吻评价道。他将前菜一扫而光后，对服务员说道：“你刚才用了‘正统’这个词。但在我看来，这部作品可是相当新颖哦。我想象自己就是一名侦探，试着挑战这宗悬案——话说回来，我本来就是一名侦探，然而我却完全没猜到这个结局啊。”

“您的这番话真是对本店最高级别的褒奖。”男人再次恭敬地鞠了一躬。

“对了，这部作品中有一段话非常有意思。即，当火村向嫌疑人说道，‘如果你是凶手，所有的疑点都能迎刃而解’，我觉得听完这话之后，嫌疑人所说的台词正好体现了作者在逻辑推理方面追求精益求精的写作态度。真想把这段话念给我认识的那位幽默推理小说家听听。他的作品里经常出现牵强附会的自圆其说。对吧，朱美小姐。”

“也、也许是吧。”朱美内心暗生疑惑：即使真是如此，那被迫陈述这些牵强推理的角色，不正是你——鹈饲先生吗？这时，下一道菜刚好被端了上来，朱美便只好把刚才的想法憋回肚子里。

“第二道菜是‘“烛火堂”的飞来横祸’。有栖路过一家旧书店，在里面偶然听到了一桩奇怪的案子：书店老板在追赶小偷的过程中突发心脏病瘫倒在地，但是店里没有丢失任何东西。老板究竟被抢走了什么呢？这位老板做生意似乎相当古怪。根据有栖的叙述，火村摆出的推理清晰明了。”

“嗬，这是和第一道菜截然不同的小故事呀，而且还是安乐椅侦探[①]模式啊。”鹈饲将盘子里的菜肴吃了个精光，他接着说，“嗯，这味道简直让人联想到夏洛克·福尔摩斯啊！”[②]

“这和福尔摩斯有什么关系？虽然作品里确实有提到福尔摩斯的段落，但……”

“哎呀，天哪！外行人真是让人哭笑不得。你好好想想，这部作品里为什么要出现筱宫时绘婆婆？她说白了就是福尔摩斯故事里的哈德森太太啊。仅从这点便能充分看出，这家店的主厨刻意承袭了福尔摩斯的故事模式。看来，主厨是位天生的正统推理发烧友。啊，服务员，麻烦帮我们上下一道菜。”

“好的，先生。第三道菜叫‘砸碎橱窗’。唯独这部作品，叙述者并非有栖，而是从娱乐经纪公司总经理的视角讲述整个故事。此人心理扭曲，杀害了女友，并将现场伪装成强盗所为。整个犯罪过程看似天衣无缝，然而……火村通过一个常人意想不到的突破口，揭露了完美犯罪的真相。”

“哎呀，请等一下！这应该是以‘商店’为主题的套餐吧。可娱乐

---

① 安乐椅侦探是与推理小说题材相关的一个术语。指不亲自奔赴现场主动搜集线索，只待在室内，仅凭他人描述以及媒体等公开的信息来进行推理的侦探，或者此类型的作品。

② 《夏洛克·福尔摩斯》系列中的福尔摩斯，原本是主动出击搜集线索的侦探，不过，在不同的故事里，也经常会当安乐椅侦探。

经纪公司怎么也无法算在‘商店’这一范畴之内吧。既然这样，那为什么会有这道菜呢？”

朱美十分诧异，但她仍然品尝了眼前的佳肴。瞬间，她心中的疑惑烟消云散。

“原来如此。商店虽然是主题，但未必每次都是案发现场。商店以各式各样的形式与我们的日常生活交织在一起，并且也与犯罪……”

“正是这么回事。”

鹈饲点了点头，仍然以居高临下的口吻滔滔不绝起来：

“这部作品和前两部相比，风格大不相同，特别是倒叙的形式很有新意。在我看来，既然故事是用火村、有栖这两名固定的侦探角色来烹饪，那便没法随意改变故事的味道。但是，无论多么美味的菜肴，接二连三都是相似的味道，客人肯定不会满意。于是，主厨一会儿采用正统推理，一会儿采用安乐椅侦探模式，一会儿又采用倒叙形式，通过改变作品的风格，来确保客人不会厌倦。”

“如此说来，我俩熟知的那位幽默推理小说家只知道肤浅地变换一下登场人物的外观。拜他所赐，近来乌贼川市不仅出现了呆萌的侦探，还出现了怪异的机器人。完全就是换汤不换药嘛……”

“这、这，这话也不能这么说吧。那男人也有自己的想法，也是经过了一番思考的。”鹈饲不知为何表情略显尴尬，“那、那么，服务员，请上下一道菜吧。”

“好的。第四道为‘涛声理发店’。火村在旅行中看到一位美丽的少女，只见她站在海角，朝着飞驰而过的特快列车挥舞着手帕。这举动让火村百思不得其解。他走进了一家理发店，与店主闲聊起来。在这段旅行的小插曲中，火村触及的真相令人意外，事件的真相究竟是……这也是本套餐中别具风味的一道作品。”

“嗯……哦！这不就是所谓的‘普通日常中的谜团’嘛。略带几分苦涩，正符合成年人的口味。”鹈饲一番狼吞虎咽之后，接着说道，“在我看来，要让隐藏于‘普通日常中的谜团’显得合情合理，小说中侦探进行推理时的逻辑性自然是非常重要的，但更为重要的是作家的描写刻画能力。就这个作品而言，作者细致入微地描写了理发店内店主与火村之间饶有兴味的谈话，而这正是火村进行逻辑推理的根基。我平常总是去‘10元快剪’理发，这道作品让我也想去普通的理发店享受享受呢。”

鹈饲看向朱美，略带遗憾地小声说道：“话说回来，咱们乌贼川市从没发生过类似的隐藏于普通日常的意外事件呢。”

“即使发生了，鹈饲先生，你也只能束手无策吧。这和你平常处理的案件大相径庭。”

对于朱美的毒舌回复，侦探竟无言以对。

“接下来第五道菜，也是最后一道菜。”服务员开口道，“菜名叫‘怪奇小店’。凶案的舞台为一家叫‘耳屋’的小店，光看名字就知道是家诡异的店铺。店主为一名中年女性，被勒颈窒息而亡。据说她以店里听来的秘密为把柄，向多人勒索钱财……通过逻辑推理解开谜团是我们主厨最为擅长的部分，从这道菜可以直观感受到这一点。这也是今天的主菜。”

“嗯，整个套餐以此道菜命名。看来这绝对是主厨的得意之作。姑且让我来尝一尝。”鸦饲将盘中的料理一扫而光之后，感叹道，“哇！在作品的尾声，火村朝着有栖说道‘你自己好好想想吧’，这台词极具挑衅。这不正是主厨对客人下的战书吗——你们也用自己的脑子思考思考吧。事实上，关于谜团的线索已经非常明确地展现在了作品之中，但是只有少数客人能通过自身的推理揭开谜团吧。不过，当真相大白时，大家都将被情节的合理性所折服吧。在我看来，创作正统推理小说非常重要的一点为公平性原则。从这部作品可以看出主厨充分理解了这一点，并将此付诸实践。嗯……话说回来，将如此品类繁多的菜品整合在一个套餐之内，这手法实在令人佩服。这里的主厨定是一位高人。服务员！”鸦饲叫来服务生，“不好意思，能把主厨叫出来一下吗？我一定要亲口传达我的赞美之词。”

朱美不由得心想，谁稀罕你的赞美之词啊！

服务生低头深深地鞠了一躬：“非常抱歉。主厨正忙着开发新的菜肴呢。您下次光临本店时，一定……”

“哦，那就没辙了。我期待着不久的将来能品尝到主厨开发的绝世美食。”鸦饲说着，从椅子上站了起来。“啊，对了对了，”鸦饲像是想到了什么，他忽然压低声音向服务生问道，“那个……如此丰盛的大餐定然价格不菲吧。嗯……1600 日元左右？”

朱美心想，1600 日元也完全不算贵吧。

然而服务生的回答让他俩大吃一惊。

“不，不，不需要那么多。其实，‘怪奇小店’此次非常荣幸地推出了文库版。因此，价格非常便宜——不含税 640 日元。”

“什、什、什么？！如此丰盛的大餐只需 640 日元！便宜！太便宜了！‘有栖亭·角川店’真是豪爽阔气。”鹈饲从西装的胸口口袋掏出了钱包。他一面翻看钱包，一面忍不住笑了出来：“哈哈，我看这店神神秘秘的，刚才还一直担心被宰呢。好，那……啊！呃……好的。”鹈饲不知为何将拿出的钱包重新放回了胸口口袋。然后，他突然迅速转身，对着同席而坐的女人说道：“呃……不好意思，朱美小姐，你付一下钱，我这儿不太够……”

看来冒失的侦探带着一只空钱包闯入了“怪奇小店”。朱美叹了口气，掏出了自己的钱包。她在内心狠狠咒骂道：这穷鬼侦探！